사령왕 카르나크 8

2024년 1월 17일 초판 1쇄 인쇄
2024년 1월 22일 초판 1쇄 발행

지은이 임경배
발행인 김관영

기획 이기헌 왕소현 임동관 박경무 강민구 조익현
책임편집 백승미
마케팅지원 이원선

발행처 (주)로크미디어
출판등록 2003년 3월 24일
주소 서울시 마포구 마포대로 45 일진빌딩 6층
Tel (02)3273-5135 Fax (02)3273-5134
홈페이지 rokmedia.com E-mail rokmedia@empas.com

ⓒ 임경배, 2023

값 9,000원

ISBN 979-11-408-1408-4 (8권)
ISBN 979-11-408-1400-8 04810 (세트)

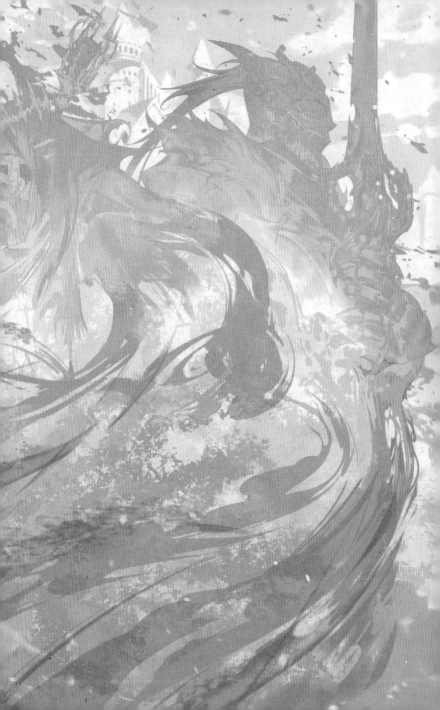

CONTENTS

사령왕 테스라낙

레번은 멍하니 눈앞의 광경을 지켜보았다.

"……."

정말이지 말도 안 되는 일들이 계속해서 일어나고 있었다.

웬 악령이 자기 몸을 차지하려 드는데, 그게 실은 자기 자신이라고?

그런데 옆 나라 킹스 오더인 줄만 알았던 동료가 알고 보니 사령술사라서 어둠의 힘으로 그를 구했다고?

그리고 그 대가로 자신은 사령술사의 권속이 되었다고?

여기까지만 해도 머리가 어지러울 지경인데, 이어진 상황이 지나치게 상식을 초월한다.

뎀피스에게 밀리던 세라티 경의 말투가 남성처럼 변하더

니 대뜸 퍼플 나이트가 된 것이다!

'적색급이 하루아침에 청색을 넘어 자색급이 됐어?'

알려진 역대 무왕의 모든 사례를 통틀어도 저런 경우는 없었다.

에밀은 고사하고 아버지, 당대의 무왕 갤러드도 저 정도는 아니었다.

'대체 이 사람들은 정체가 뭐지?'

9서클의 마스터인 아크 리치를 상대로도 전혀 밀리지 않는 사령술을 구사하는 킹스 오더의 마법사, 카르나크.

하루아침에 오러 각성 단계를 두 단계나 뛰어넘은 하늘이 내린 천재, 세라티.

레번이 가장 높이 평가한 바로스 경이 오히려 제일 평범해 보일 지경이 아닌가?

심지어 이걸로 끝도 아니다.

자색급이던 세라티가 갑자기 온몸에서 어둠을 뿜어내며 한 번 더 변했다. 그러더니 저 아크 리치, 전설 속의 괴물을 일격에 쓰러뜨려 버렸다!

'맙소사……'

쓰러지는 뎀피스를 바라보며 레번은 신음을 흘렸다.

눈앞의 모든 광경에 현실성이 없었다. 그저 한없이 혼란스러울 뿐이었다.

바로스의 영혼이 몸에서 빠져나간다.

육체를 되찾은 세라티가 바닥에 털썩 주저앉았다.

"크윽! 윽!"

예전에 몸 빼앗겼을 때도 비슷했다.

그토록 무리를 했으니 당연히 전신이 미칠 듯이 아프다.

그래도 그때보다 나아진 점이 있다면 지금은 오러를 이용해 고통을 완화할 수 있다는 것.

'으, 오러 돌려야지, 오러.'

바로스에게 배운 대로 열심히 오러를 운용해 응급처치를 하니 겨우 고통이 가라앉았다.

비틀대며 일어나는 그녀를 향해 바로스가 어색하게 뒷머리를 긁적였다.

"몸은 괜찮아요? 많이 아프려나?"

사전 동의도 없이 대뜸 몸부터 빼앗았으니 최소한의 양심이 있다면 눈치를 안 볼 수 없다.

한숨을 쉬며 세라티는 고개를 끄덕였다.

"버틸 만해요."

"죄송합니다. 워낙 상황이 다급했는지라⋯⋯."

"살았으니 됐죠, 뭐."

물론 세상엔 그 정도의 양심조차 없는 놈도 분명 존재한다.

"잠깐, 세라티."

카르나크가 인상을 쓰며 따져 댔다.

"너 아까 감히 나한테 욕했지?"

아까 그녀가 던진 막말을 잊지 않고 있었던 것이다.

자신이 저지른 짓은 싹 잊은 주제에 말이지.

그런데 세라티의 반응이 의외였다.

오히려 빙그레 웃으며 그를 돌아본다.

"아까는 잘하셨어요, 카르나크 님."

갑자기 칭찬을 들은 카르나크가 눈을 동그랗게 떴다.

"응? 나?"

일단 본인도 자신이 칭찬 들을 짓을 하지 않았다는 자각은 있는 듯했다.

"네. 그렇게 하지 않았다면 우리 모두 죽었을 테니까요."

"어, 뭐, 그렇긴 하지."

어색해하며 카르나크가 뒷머리를 긁을 때였다. 세라티의 표정이 진지해졌다.

"하지만 이번이 마지막이죠?"

"뭐가?"

"빙의 말이에요. 이번이 마지막인 거죠?"

빙의를 자주 당하면 숙주의 영혼은 미쳐 버린다.

이미 바로스는 두 번이나 세라티의 몸을 빼앗았다. 또 저지르면 정말 그녀의 영혼에 돌이킬 수 없는 손상을 입힐 가능성이 너무 크다.

"그래, 더 이상 빙의를 시도하면 위험하다."

"그렇다고 다시는 하지 말란 말 같은 건 안 해요. 모두가 죽게 생겼는데 다른 방법이 없다면, 뭐라도 해야 한다면 할 수 있는 건 다 해야죠. 그건 저도 인정해요."

하지만 확실하게 인식할 필요는 있다.

이는 세라티를 희생해서 카르나크 자신의 목숨을 지키는 행위라는 것을.

"예전처럼 살기 싫으시다면, 자신의 선택이 어떤 결과를 가져오는지는 알아주셨으면 하거든요. 카르나크 님의 영혼을 지키기 위해서라도 말이죠."

흘려들을 이야기가 아니었다. 카르나크도 안색을 굳혔다.

"알았다. 명심하도록 하지."

엄숙하던 세라티의 표정이 풀렸다.

"그럼 됐어요. 어쨌든 카르나크 님 덕분에 우리 모두 살았잖아요?"

"고마워, 이해해 줘서."

"천만에요. 상황이 어쩔 수 없긴 했지만 저도 권속이 되고 얻은 게 적지 않은걸요. 감사하고 있는 건 사실이에요."

방긋 웃으며 그녀가 장난스러운 윙크를 했다.

"그리고, 감사하는 만큼 최선을 다해 조언을 드려야죠."

"그렇군."

카르나크도 마주 웃었다.

어쩐지 기분이 좋아졌다.

동시에 살짝 찜찜한 느낌도 들었지만.

'가만, 뭔가 잊어버린 기분이 드는데?'

등을 돌리며 안도의 한숨을 쉬는 세라티였다.

'휴우, 이걸로 쌍욕 박은 건 무사히 넘어갔네.'

그래도 나중에 다시 떠올릴지 모르니 잽싸게 화제를 돌리자.

세라티가 쓰러진 뎀피스를 가리켰다. 슬슬 연신 뿜어내던 어둠과 악령은 거의 다 사라진 후였다.

"이제 저 아크 리치는 어떻게 하실 건가요?"

안 그래도 어둠 다 빠지길 기다리던 차였다.

"고민 중이야."

대꾸하며 카르나크가 발걸음을 옮겼다.

"예전의 나였다면 앞뒤 안 가리고 지배의 낙인부터 찍었겠지."

하지만 지금은 곤란하다.

"딱히 예전처럼 살지 않기 위해서만은 아니고……."

단순히 그럴 능력이 없었다.

"지금의 내가 아크 리치에게 지배력을 행세할 수 있을 리가 없잖아."

그러니 적당히 정보만 빼내고 영혼을 소멸시키는 게 제일 무난한데, 사실 이조차도 쉬운 일이 아니다.

아크 리치는 권능과 영체가 융합되어 있다. 영혼 상태로도 만만찮은 존재라, 강령술 쓴다고 쉽게 지배되지도 않는다.

"일단 살펴보고 상황 봐서 결정해야지."

바닥의 해골에 손을 뻗으며 카르나크가 안색을 굳혔다.

"위험하다 싶으면 정보고 뭐고 포기하고 빠른 소멸 가는 거고."

그렇게 잠시 어둠을 흘려 뎀피스의 상태를 파악할 때였다.

'어?'

뭔가 이상한 것이 존재했다.

'계약의 낙인?'

누군가가 뎀피스의 영혼에 강렬한 낙인을 새겨 놓았다.

'내 건 아닌데 뭔가 있다는 게 이거였나?'

이해할 수 없는 점은, 그 낙인이 과거 카르나크가 뎀피스에게 새겼던 것과 지나치게 똑같다는 것이었다.

똑같은 술법, 똑같은 위치, 똑같은 대상.

심지어 낙인에 들어간 사령력의 속성과 술식마저도 똑같다.

다른 점은 단 하나뿐이었다.

바로 낙인을 새긴 자, 언령의 주인 된 자의 이름.

'테스라낙……'

비유하자면, 동일한 계약서에 사인만 다른 사람 것이 쓰여 있는 수준이다.

'어떻게 이렇게까지 똑같을 수가 있지?'

어쨌든 이 경우라면 선택지가 하나 더 늘어난다.

'이거, 이름만 바꾸면 내게 종속시킬 수 있겠는데?'

이 정도면 아슬아슬하게 현재 그의 사령력으로도 가능한 수준이었다.

충분히 시험해 볼 가치가 있다.

'잘 풀리면 쓸 만한 노예 하나 얻는 거고, 검은 신의 교단 이며 테스라낙에 대한 쓸모 있는 정보도 얻을 수 있겠지.'

실패하면?

'이대로 박살 내 버리면 그만이고.'

양팔을 걷어붙인 뒤 카르나크는 낙인을 향해 손을 뻗었다.

"좋아, 해 보자!"

사령력을 침투시키며 정신을 집중한다.

"어둠의 주인, 카르나크 제스트라드의 이름으로 명한 다……."

그렇게 테스라낙의 낙인을 막 건드릴 때였다.

'어?'

지나치게 쉬웠다.

마치 처음부터 그의 낙인이었던 것처럼 계약의 모든 권리 가 자연스럽게 넘어오고 있었다.

"으으음……."

희미한 신음과 함께 흩어진 뎀피스의 뼈가 도로 붙는다.

인간의 해골이 허공에서 재조립되며 그 위로 아크 리치의 영기가 덧씌워진다.

"나의 왕, 영혼의 주인이여……."

부활한 뎀피스가 카르나크를 향해 무릎을 꿇었다.

"부디 명을 내리소서. 복종하겠나이다……."

※

레번은 헛웃음을 흘렸다.

"허, 허허……."

안 그래도 이해 안 가는 일투성이인데 이젠 쓰러진 아크 리치가 도로 일어나더니 카르나크에게 충성 타령을 하네?

뭔가 끼어들기 힘든 분위기라 참고 있었지만 슬슬 한계다.

"당신들, 대체 정체가 뭡니까?"

그럴 줄 알았다는 얼굴로 세라티는 레번을 바라보았다.

애써 냉정을 유지하려 하지만 목소리가 떨리고 있다.

'그래, 저 심정 내가 제일 잘 알지.'

그렇게 동병상련을 느끼고 있는데, 갑자기 레번이 무서운 시선으로 그녀를 노려보았다.

"특히 세라티 경, 당신 말입니다."

"……저요?"

"예! 대체 정체가 뭐죠? 혹시 이 땅에 강림한 악마라도 되는 겁니까?"

황당해진 세라티가 카르나크와 바로스를 힐끔거렸다.

'내가 저 인간들보다 수상해 보인다고?'

아니, 세상에 어디 인간이 없어서 저것들과 자신이 비교당한단 말인가?

그런데 이어지는 레번의 질문을 듣고 보니 그럴 수도 있겠다 싶다.

"아니면 원래 자색급이었는데 여태 정체를 감춘 거였습니까?"

"아, 그거요…….."

모르는 사람이 보면 엄청나게 말도 안 되는 광경이긴 한 것이다.

카르나크와 바로스가 서로를 보며 어깨를 으쓱였다.

"하긴, 레번도 이미 권속이 되었으니 굳이 감출 필요가 없지?"

"이왕 이렇게 된 거 빨리 설명해 주는 쪽이 낫죠."

눈치를 보며 뎀피스도 손을 슬쩍 들었다.

"솔직히 말하면 저도 정말 궁금합니다만……."

이놈의 빌어먹을 호기심 때문에 결국 지닌 힘을 전부 발휘하지도 못하고 당해 버린 그였다.

아크 리치의 안구에 깃든 푸른 불길이 거칠게 일렁였다.

"당신들은 누굽니까, 도대체?"

미래에 무왕이 되었어야 할 자와 미래에서 돌아온 자가 자신을 빤히 바라본다.

카르나크는 잠시 고민했다.

어떻게 설명해야 빠르고 간략하게 요점만 정리해서 전달할 수 있을까?

그는 이내 제일 편한 방법을 찾았다.

"세라티!"

"엥? 제가 설명해요?"

"나보단 잘할 것 같아서."

그렇다.

만만한 부하한테 시키면 그만이다.

"사람 상대하는 일이잖아? 뭘 해도 나보단 잘하겠지."

"그, 그런가?"

그녀는 잠시 고민했다. 그리고 깨달았다.

이거 생각보다 운 떼기가 굉장히 어려운 설명이란 것을.

"어, 그러니까요……."

고민하던 세라티가 어색하게 카르나크를 가리킨다.

"예전에 세계 정복 하셨었구요……."

그리고 손짓이 바로스에게로도 옮겨진다.

"도와서 같이 세계 정복 했었다는데요?"

어쩌다 보니 당시 들었던 설명과 거의 다를 게 없어졌다.

카르나크와 바로스가 히죽거리며 웃었다.

"거봐, 너도 설명하기 힘들지?"

"세라티 경이라고 해도 별수 없구만요."

당연히 반응도 그때와 거의 다를 바 없었다.

이 무슨 질 나쁜 농담이냐는 얼굴로 레번이 안색을 굳혔다.

"저는 진심으로 묻고 있는 겁니다만……."

뎀피스는 카르나크를 바라보며 진중한 어조로 말할 뿐.

"저를 의심하시는 거라면, 그럴 필요가 없다는 걸 주인님도 아실 겁니다."

쓴웃음을 지으며 세라티가 말을 이었다.

"일단 들어 보세요."

대충 당시와 비슷한 설명이 이어졌다.

몰락한 가문의 사생아 출신으로 사령술을 익히게 된 카르나크와 시종이었던 바로스.

두 사람이 결국 사고 치고 쫓기던 이야기며, 그 와중에 힘을 키우다 마침내 대륙의 공적이 되는 부분.

아스트라 슈나프가 되어 세계 정복에 성공한 뒤, 잃어버린 인간다움을 되찾기 위해 시공 회귀했던 일까지.

간략하게나마 설명이 끝나자 레번이 눈살을 찌푸렸다.

"그게 무슨…… 미래에서 왔다니……."

세라티와 달리 그는 저잣거리 영웅담에 별 관심이 없었다. 당연히 이런 유의 이야기도 쉽게 받아들이지 못하는 것이다.

반면 뎀피스는 똑같이 미래에서 왔다. 그래서 의아해하는 부분도 좀 달랐다.

"이상하군요. 제가 온 미래에선 두 분이 존재하지 않았습니다만."

그럴 줄 알았다는 듯 카르나크가 물었다.

"하지만 짐작이 가는 부분은 있지?"

뎀피스가 고개를 끄덕였다.

"예."

확실히, 기이할 정도로 행적이 겹치는 이가 하나 존재하긴 했다.

바로 죽음의 신, 테스라낙.

"그 이야기대로라면……."

뼈만 남은 아크 리치가 금발의 기사, 바로스를 돌아보았다.

"당신이 테스라낙이군요."

카르나크 일행의 눈이 일제히 동그래졌다.

"엥?"

어둠과 죽음의 신, 테스라낙.

그의 행보는 여러모로 기이한 부분이 많다.

카르나크처럼 종말의 어둠을 다루고, 카르나크가 지배했던 이들을 대신 지배하며, 카르나크나 할 법한 짓을 똑같이 저지른다.

아무리 바보라도 이쯤 되면 카르나크와 뭔가 밀접한 관련이 있을 거란 추측을 안 할 수 없는 것이다.

"그래, 밀접하다면 분명 밀접하긴 한데……."

자신의 심복을 돌아보며 카르나크는 멍한 표정을 지었다.

"이런 식으로 밀접할 줄은 몰랐는데?"

바로스도 고개를 저었다.

"제가 테스라낙? 도련님이 아니고? 이 무슨 말도 안 되는……."

뎀피스가 정중하게 말을 이었다.

"어디까지나 저 여인의 설명만으로는 그렇다는 의미입니다. 제 입장에서는 확실히……."

아크 리치의 시선이 카르나크에게로 돌아갔다.

"카르나크 님에게서 예전의 주인, 테스라낙이 느껴집니다."

아무리 지배의 낙인이 바뀌었다 해도 손바닥 뒤집듯 그 자리에서 충성심이 확 바뀌진 않는다.

기억은 그대로이니 한동안 모순에 시달려야 정상이다.

그래서 보통은 심적 억제력을 걸어 놓고 천천히 바뀌게 만든다.

그런데 뎀피스의 경우엔 달랐다.

낙인의 주인이 바뀌자마자 충성심의 방향도 삽시간에 바뀌어 버렸다.

분명 테스라낙에게 충성을 다하던 기억이 건재한데도 그 모든 것이 허상처럼 느껴지는 것이다.

"오히려 이쪽이 제자리로 돌아온 느낌마저 들 정도군요."

그럼에도 카르나크가 아닌 바로스를 테스라낙으로 지목했다.

어째서일까?

"일단 이것부터 확인하는 게 우선이겠군."

심각한 표정으로 카르나크가 캐물었다.

"대체 테스라낙이 뭐 하던 놈이야?"

뎀피스는 카르나크의 질문을 제대로 이해했다.

뭐 하는 놈이 아니라, 뭐 하던 놈이냐고 물었다. 과거부터 순서대로 설명하라는 소리였다.

"저도 모르는 부분이 많기는 합니다만……."

아크 리치가 허리를 꾸벅 숙였다.

"아는 한도 내에선 전부 설명드리겠습니다."

　　　　　　　　　　※

테스라낙이 처음부터 죽음의 신은 아니었다.

권능을, 힘을 얻기 전의 그는 한낱 하찮은 인간의 아들로 태어난 자였으니까.

"테스라낙의 유년기에 대해선 거의 알려진 바가 없습니다."

그저 대륙 서부 7왕국 연합의 어딘가에서 농민의 아들로 태어났고, 어려서 고아가 되어 어느 귀족가 공자의 시종으로 살았다는 것이 전부다.

"평범했던 테스라낙의 삶이 변한 건 섬기던 주인 때문이었다더군요."

테스라낙의 주인은 한 귀족가의 사생아였다.

어릴 때부터 부모와 형제의 핍박을 받고 자라며 원한을 키웠던 그는 우연히 사령술을 터득해 가문에 복수할 계획을 세웠다고 한다.

사람들은 사령술에 재능이 필요 없다고 여긴다.

실제로도 그렇긴 하다. 재능 없이는 시작조차 할 수 없는 오러나 마법과 달리 사령술은 누구나 쉽게 입문해 쉽게 강해질 수 있다.

그렇다 해도, 재능이 필요 없다는 소리가 재능이 소용없다는 소리는 아니었다.

재능이 있으면 당연히 남들보다 더욱 유리하겠지.

그리고 사령술의 재능은 마법이나 신성력, 오러의 그것과는 전혀 달랐다.

세인들이 '인간적으로 모자란 부분'이라 여기는 영역이 사령술에선 오히려 재능.

테스라낙의 주인은 타고난 사령술사였고, 이내 괴물이 되었다. 그리고 그 힘으로 자신을 핍박하던 부모와 형제에게 독니를 드러냈다.

"테스라낙 역시 충실히 주인을 섬기며 성심성의껏 도왔지요."

마침내 그의 주인은 가문을 차지했다.

하지만 영광은 길지 않았다.

아직 젊었던 테스라낙의 주인은 사령술이 주는 힘에만 취해 그 부작용이 얼마나 큰지 미처 가늠하지 못했다.

꼬리가 길면 밟히는 법이라던가?

결국 7여신교에 정체를 들켜 버렸다. 기껏 차지한 가문도 버린 채 여신교를 피해 도망쳐야만 했다.

테스라낙 역시 주인을 따라 정처 없이 세상을 떠도는 신세가 되었다.

✦

"어, 이거……."

카르나크가 연신 고개를 갸웃거렸다.

"완전히 우리 이야기인데?"

바로스 역시 마찬가지.

"진짜 우리 이야기네요."

"그런데 왜 네가 테스라낙 포지션이냐?"

"이대로라면 테스라낙은 사령술도 안 익혔는데 말이죠?"

"그 이야기, 뒤에 나옵니다만……."

뚱한 목소리로 뎀피스가 구시렁거렸다.

열심히 설명하다 도중에 끊겨 불만인 듯했다.

피식 웃으며 카르나크가 이야기를 재촉했다.

"계속해."

　　　　　　　　　　　　　※

　이후 테스라낙과 그의 주인은 정체를 숨기고 대륙을 떠돌았다.

　7여신교의 추적은 실로 집요했으니, 그 와중에 수많은 피가 흘렀다.

　그러는 동안 테스라낙의 주인은 더더욱 힘을 키웠다.

　악행의 규모 역시 더더욱 커져 갔다.

　마침내 두 사람은 감당하기 힘든 거물을 상대하게 되었다.

　당대 델피아드의 무왕, 갤러드. 그의 첫째 아들이자 후계자이며 차기 무왕으로 낙점된 세기의 천재, 에밀 스트라우스가 이들을 노리게 된 것이다.

치밀한 추적 끝에 에밀은 두 사람을 찾아냈다.

혹독한 전투가 이어졌고 마침내 승패가 갈렸다.

과연 테스라낙의 주인은 강력한 사령술사였다.

갤러드의 아들, 에밀은 위대한 어둠의 힘을 넘어서지 못하고 죽음을 맞이했다.

그러나 그 대가는 컸다.

테스라낙의 주인 역시 에밀 스트라우스와 싸우다 돌이킬 수 없는 상처를 입은 것이다.

비록 에밀은 이겼지만, 그 또한 더 이상 살 수 없는 처지가 되었다.

ꕥ

이야기를 듣다 말고 카르나크와 바로스가 화들짝 놀랐다.

"뭐야? 나 죽어?"

"그런가 본데요?"

또 이야기가 끊긴 뎀피스가 눈을 흘겼다.

물론 기분상으로만.

흘길 눈 따위 없는 아크 리치니까.

"이러실 거면 그냥 문서로 제출할까요?"

바로스는 새삼스러운 눈으로 뎀피스를 바라보았다.

분명 지배의 낙인에 의해 카르나크에게 충성을 다하게 되었음에도 꼬장꼬장하니 따지고 든다.

네크로피아 제국에서는 매우 익숙한 광경이기도 했다.

'저런 거 보면 진짜 내가 아는 뎀피스 총독인데?'

카르나크가 손을 저었다.

"어, 미안. 계속해."

죽어 가던 주인은 테스라낙에게 말했다.

나의 심복이여, 내 영육을 취하라.

그리고 내 뒤를 이어 이 세상에 복수하라!

세상의 모든 죽음과 어둠을 지배해, 모든 살아 있는 자들
에게 고통과 공포를 안겨라!

눈물을 흘리며 테스라낙은 다짐했다.

그리하겠나이다, 나의 주인이시여!

그렇게 주인은 죽었다. 그리고 테스라낙은 주인의 피와 살
을 입에 댔다.

죽음이 그를 감싸고, 어둠이 그에게 깃들었다.

주인의 영혼이 테스라낙 속에서 살아가게 되었다.

주인의 지식이 테스라낙 속에서 살아가게 되었다.

주인의 권능이 테스라낙 속에서 살아가게 되었다.

그리하여 그는 새로운 사령술사이자 어둠의 검사가 되어

홀로 세상에 발을 내디뎠다…….

⋇

카르나크는 단언했다.

"에이, 저거 나 아니야."

바로스도 똑같은 반응이었다.

"그러게요. 도련님 아니네."

자기 대신 세상에 복수해 달라고 했다고? 죽으면 어차피
끝인데?

"내가 저런 소릴 할 리가 없지. 무슨 수를 써서라도 나 도
로 살리라고 했으면 모를까."

옆에서 듣고 있던 세라티가 슬쩍 끼어들었다.

"실은 그랬던 게 아닐까요? 그런데 힘만 얻고 입 싹 씻었
다든가."

"그건 좀 그럴듯한데?"

카르나크가 바로스를 째려보았다.

"나쁜 놈."

억울해하며 바로스가 발끈했다.

"전 테스라낙이 아닙니다만? 당장 제가 도련님을 먹을 리
가 없잖습니까?"

"그건 그렇지."

"세상에 좋은 게 얼마나 많은데 굳이 도련님처럼 더러운 걸 먹겠어요?"

"그런 이유였냐?"

뭐, 농담처럼 이야기하긴 했지만 상황만 보면 또 아주 근거 없는 일은 아니었다.

"목숨이 걸려 있고 도련님도 없는데 달리 살길이 그것뿐이라면……."

바로스가 어깨를 으쓱였다.

"눈 딱 감고 저지를 수 있을 것 같긴 하네요."

"내가 안 죽어서 다행이구만."

한편, 또 이야기가 끊긴 뎀피스는 말없이 카르나크를 바라보고 있었다.

"……."

카르나크가 머쓱해하며 말했다.

"미안. 앞으론 입 다물고 있을게."

하나 뎀피스가 그를 유심히 살핀 것은 계속 이야기를 끊어서가 아니었다.

"흥미롭군요."

"뭐가?"

"카르나크 님은 테스라낙과 전혀 닮지 않으셨습니다."

행적은 비슷할지 몰라도, 성격이나 말투 등에는 전혀 공통점이 보이지 않는다.

"그래?"

"그렇다고 바로스 경이 닮은 것도 아니고요."

카르나크와 바로스가 서로를 바라보았다.

"우리 둘이 섞였다며? 그래서 그런 걸지도."

"그게 말이 돼요?"

"사령술이 개입되면 참 많은 것이 말이 되게 변하는 법이지."

"뭐, 그렇긴 한데요……."

혀를 내두르며 바로스가 뎀피스를 돌아보았다.

"그래서, 그 이후엔 어떻게 되었습니까?"

⁂

7여신교에서는 계속 테스라낙을 쫓았다. 그리고 매번 큰 피해를 입었다.

강력한 사령술사이자 어둠의 검사이기도 한 테스라낙이었다. 이제 7여신교만으로는 도저히 감당할 수 없는 괴물 중의 괴물이 된 것이다.

하지만 테스라낙이라고 마냥 삶이 편하진 않았다.

점점 더 세상의 압박이 강해지니 그 역시 세력을 키울 필요성이 절실했다.

닥치는 대로 수하를 거뒀다.

어둠의 힘을 떨쳐 죽은 자를 일으키고, 고위 언데드를 부하로 거두고, 숨어 살던 마물들을 휘하로 끌어들였다.

바라칸트 산맥에서 과거의 궁정 마법사 달라스의 유골을 발견, 영혼을 강령해 아크 리치로 부활시킨 것도 이 시기였다.

"이때 제게 뎀피스라는 이름을 내렸지요."

동시에 주인의 복수도 잊지 않았다.

무수한 인간들이 고통스럽게 죽었다. 그리고 죽은 채 되살아나 또 다른 고통을 뿌렸다.

특별한 역병을 퍼뜨리기도 했다.

어찌나 지독한 역병이었는지 인간뿐 아니라 곡물에까지 병마가 침투할 정도였다.

무수한 이들이 병으로 죽고, 굶어 죽고, 얼마 없는 음식을 차지하기 위해 서로 싸우다 죽어 갔다.

결국 7왕국 연합은 무너졌다.

연합의 마지막 보루였던 델피아드의 무왕, 레번 스트라우스마저 패해 그의 권속이 되었다.

상황이 악화될 대로 악화되자 라케아니아 제국도 더 이상 좌시할 수 없었다.

인류의 강자들이 불처럼 일어나 테스라낙과 맞섰다.

하나 결과는 마찬가지였다.

그 강대하던 제국군은 죽은 자들의 군세에 참패했고, 제국의 황실 마법사 엘레자르는 테스라낙의 지배력에 굴복해 버렸다. 남은 이들은 동쪽으로 달아나 겨우 목숨을 부지했다.

대륙 대부분을 차지한 테스라낙은 사령왕이라 불리며 죽은 자들의 제왕이 되었다.

이제 남은 인류의, 아니, 산 자의 세력은 용족과 요정족의 연합인 베루스 연방뿐.

도망친 자들과 살아남은 자들이 모두 힘을 합쳤다.

드래곤과 요정족과 인류, 남은 2인의 대마법사와 3대 무왕까지 하나가 되어 테스라낙의 제국과 맞섰다.

그야말로 빛과 어둠의 총력전이었다.

아무리 강력한 사령왕 테스라낙이라 할지라도, 세계의 모든 힘이 집결한 저 기세를 버티긴 힘들었다.

결국 그는 마지막 남은 한 조각의 인간다움마저 버렸다.

최후의 비술을 시행해 궁극의 초월체, 아스트라 슈나프가 된 것이다.

❊

"잠깐, 대마법사와 무왕의 합공 때문에 아스트라 슈나프가 되었다고?"

뎀피스의 말을 끊으며 카르나크가 물었다.

"그럼 용황제는?"

"네?"

"용황제 그라테리아 말이야. 세계의 수호자."

어째 자신과는 상황이 좀 다른 것이다.

카르나크가 끝내 인간을 버리고 아스트라 슈나프가 될 수밖에 없었던 이유는 바로 그라테리아의 등장 때문이었다.

대마법사와 무왕 때문이 아니라.

"그라테리아라니……."

당혹스러운 어조로 뎀피스가 오히려 되물었다.

"누굽니까, 그게?"

용황제 그라테리아.

일곱 여신에게 수호의 운명을 지음받은, 지상 최강의 드래곤.

"그 용황제를 모른다고?"

카르나크의 질문에 도저히 이해가 안 간다며 뎀피스가 반문했다.

"어떻게 드래곤에게 황제가 있을 수 있습니까?"

사실 이쪽이 오히려 상식이긴 했다.

용족과 요정족인 엘프, 드워프의 동맹을 베루스 연방이라 따로 칭하긴 하지만 사실 저들은 7왕국 연합이나 라케아니아 제국처럼 뚜렷한 정치 체계를 지닌 세력이 아니다.

원래 국가라는 것이, 처음엔 부족국가나 도시국가에서 출발해 점차 봉건제나 중앙집권화로 흘러가기 마련이다.

현재 7왕국 연합은 봉건제, 라케아니아 제국은 반쯤 중앙집권화가 진행된 상태.

그런데 베루스 연방은 달랐다.

일단 엘프와 드워프는 여전히 부족, 도시국가 체제를 유지하고 있다.

이유는 단순했다.

수명이 너무 길어서.

인류에겐 수십 세대가 흐른 세월이라도 엘프나 드워프에겐 수 세대인 것이다. 그만큼 국가 체계의 변화 역시 굼뜰 수밖에 없다.

심지어 용족, 드래곤들은 아예 모여 살지도 않았다.

드래곤은 짐승에서 출발해, 인간이나 요정 같은 지성체가 된 뒤, 현자로 늙어 가는 종족이다.

유년기와 청년기의 드래곤은 강력한 마력과 육체를 본능적으로 휘두르는 이성 없는 짐승이다.

인간처럼 지정학적인 이유로 국가를 세우는 것이 아니라, 야생동물처럼 생태학적인 이유로 서식지를 고르고 살아간다.

짝짓기 같은 본능에 따른 행위를 하는 것도 이 시기다.

장년기가 되면 이성이 생기며 언어와 지성을 습득한다.

하지만 사회적 욕구가 없는 종이기에 어지간히 특별한 이유 없인 여전히 동족과 교류를 하지 않는다.

노년기가 되면 자신의 레어에 틀어박혀 대부분을 '용의 잠'으로 보낸다.

이런 드래곤들 대부분의 서식지는 엘프와 드워프의 세력 사이에 점처럼 흩어져 있다.

이들이 거하는 지역이 대륙 동부의 광활한 토지이기에 그 일대를 '베루스 연방'이라 통칭하긴 하지만, 사실 용족과 요정족이 무슨 정치적인 계약을 맺고 있거나 한 건 아닌 것이다.

딱히 계약이 필요 없기도 했고.

드래곤의 서식지 자체가 거대한 자연 장벽이 되어 라케아니아 제국의 침탈을 막아 주니 요정족도 어지간해선 용족의 비위를 거스르지 않았다.

이렇듯, 드래곤들의 국가 같은 건 애초에 존재하지 않는다. 당연히 용황제 같은 것도 존재하지 않을 수밖에.

"어, 그러니까 일종의 별칭이긴 한데, 그게⋯⋯."

용황제는 그라테리아가 워낙 강력하고 위대한 드래곤이었기에 붙은 칭호였다. 실제로 무슨 권력이 있었던 것은 아니다.

"그라테리아가 하고자 하면 막을 힘을 지닌 존재는 아무도 없었으니, 황제나 다름없긴 했지만⋯⋯."

중얼거리다 말고 카르나크가 바로스를 돌아보았다.

"하긴, 생각해 보면 우리도 용황제란 게 존재한다는 건 엄청 나중에나 알았지?"

"그렇죠. 그라테리아가 모습을 드러낸 건 모든 인류 세력을 다 쓰러뜨린 후였으니까요."

수호자 그라테리아는 평소 깊은 용의 잠 속에 빠져 있다가 세계가 파멸로 향해 갈 때 모습을 드러낸다.

즉, 세계가 파멸할 정도가 아니면 개입하지 않는 것이다.

인류 역사에 큰 획을 그은 라케아니아 건국 전쟁과 7왕국 연합 초기의 서대륙 전쟁조차도 용황제 입장에서는 그냥 '인간들끼리의 잡스러운 난동'에 불과했다.

그런 만큼 인류 역사에도 그에 대한 기록은 거의 없었다.

기껏해야 아득히 먼 옛날, 전설이나 신화처럼 내려오는 것이 전부.

"반대로 이야기하면……."

옆에서 듣고 있던 세라티가 기막혀하며 물었다.

"카르나크 님이 저지른 짓이 신화나 전설급이었단 소리네요?"

카르나크가 어깨를 으쓱였다.

"내가 할 때는 또 확실히 하거든."

"칭찬이 아니거든요!"

하여튼, 테스라낙이 저지른 짓도 충분히 카르나크에 비견될 만하다.

그런데 테스라낙의 경우에는 용황제가 나타나지 않았다?

"혹시 저쪽 세계에는 그라테리아가 존재하지 않는 건가?"

"아니면 테스라낙이 용황제부터 먼저 해치웠을지도요. 세상에 알려지기 전에 처리했다면 뎀피스 총독이 모르는 것도 말이 되죠."

"그럼 아스트라 슈나프가 되기 전에 그 괴물을 해치웠다는 소리가 되는데, 대체 무슨 수로?"

"어, 그게 또 문제네요?"

카르나크와 바로스가 열심히 머리를 굴려 봤지만 딱히 짐작 가는 바는 없었다.

"그나저나 테스라낙은 용황제가 아니라, 대마법사와 무왕의 합공을 이겨 내기 위해 아스트라 슈나프가 되었다는 거죠? 도련님보단 약하네요."

"딱히 테스라낙이 나보다 뒤떨어져서는 아닐 거야. 나도 걔들이 전부 손잡았다면 대책 없긴 마찬가지였을걸."

당시 카르나크가 인간의 몸으로 3인의 대마법사와 4대 무왕을 모두 해치운 건 철저하게 각개격파를 노려서였다.

처음부터 저 무식하게 강한 놈들이 서로 손잡게 내버려 두질 않았던 것이다.

그게 가능한 이유가 있었다.

"테스라낙은 혼자지만 우리는 둘이었으니까."

사령왕 카르나크에겐 그 누구보다 신뢰할 수 있는 지상 최강의 검사, 데스 나이트 로드 바로스가 있는 것이다.

"물론 당시엔 지상에서 4위쯤 됐고 데스 나이트도 아니긴 했지만, 어쨌든 쓸 만한 심복이었지."

"칭찬하려면 그냥 좀 하시지, 왜 꼭 토를 다시나 그래?"

카르나크 혼자였다면 아무리 강대한 권능을 지녔어도 몸이 하나인 이상 저들을 제어할 수 없었을 것이다. 바로스가 있었기에 양동작전을 펼칠 수 있었다.

"하지만 결과적으론 테스라낙도 나도 아스트라 슈나프가 되었지. 그런데도 테스라낙 쪽에선 용황제가 등장하지 않았다 이거지?"

턱을 괸 채 카르나크가 생각에 잠겼다.

"혹시 그 후에는 나랑 행보가 좀 다른가?"

조용히 기다리던 뎀피스가 다시 입을 열었다.

"아스트라 슈나프의 힘으로 죽음의 신이 된 테스라낙은, 더 이상 그를 막을 자가 존재하지 않았습니다……."

✦

3인의 대마법사는 모두 테스라낙의 수하가 되었다.

4대 무왕 중 3인 역시 테스라낙의 수하가 되었다.

시프라스의 무왕 라피셀만이 간신히 탈출해 미약한 저항을 이어 갈 뿐이었다.

하나 이는 이미 꺼진 불씨나 다름없었다.

결국 그녀마저 꺾였다.

인류 최후의 영웅은 어둠의 손아귀에 떨어져 영육이 갈기갈기 찢긴 뒤 모두 앞에 전시되는 가혹한 운명을 맞이했다.

일곱 여신의 권세 역시 현세에서 힘을 잃었으니, 죽음의 신은 완벽하게 세상의 주인이 되었다.

더 이상 그 무엇도 그를 막아설 수 없었다.

수십 년 동안 테스라낙은 사령왕이자 죽음의 신으로 만천하에 군림했다.

그러던 어느 날이었다.

문득 테스라낙이 선언했다.

—나는 죽음을 지배하는 자였다.

—100년의 시간이 지나고 나서야 깨달았다.

—진정한 어둠의 신이 되기 위해서는 죽음뿐 아니라, 삶 역시 지배해야 한다는 것을!

순간 바로스가 실소를 터트렸다.

"풉!"

어디서 많이 듣던 소리였다.

왕년의 카르나크가 만날 주워섬기던 푸념 아닌가?

"그런데 저쪽이 좀 더 있어 보입니다요. 솔직히 도련님은 너무 쪼잔……."

"시끄러, 바로스."

"넵!"

떠들어 대는 둘을 보며 뎀피스가 슬그머니 묻는다.

"에, 대화 끝나셨습니까?"

이젠 익숙해져서 화도 안 내는 것이다.

사실 기분상으로는 진작부터 익숙했기에 좀 이상하게 생각하기도 했다.

'왜 내가 이런 분위기에 익숙하지?'

어쩐지 오래전부터 저 헛소리 주고받는 두 사람을 상대한 것 같다.

어쨌거나, 뎀피스가 목청을 가다듬었다.

"그럼 계속 말씀드리겠습니다."

카르나크와 바로스의 표정도 진지하게 변했다.

여기부터는, 그들이 알 수 없는 다른 이야기일 테니까.

궁극의 언데드가 된 테스라낙은 어둠과 죽음의 힘을 완벽하게 손에 넣었다.

그리고 그 대가로 그 무엇보다도 빛과 삶에서 멀어지게 되었다.

이것이 그의 불만이었다.

세상의 모든 것을 손에 넣고 싶었다. 그리고 그것은 과거 여신들의 영역이라고 예외가 아니었다.

과연 어떻게 해야 생과 사를, 세상 만물과 세계의 운명마저 좌지우지하는 절대적인 존재가 될 수 있을까?

끝없이 고민하고 연구했다. 그리고 단초를 얻었다.

'살아 있는 육체로 되돌아가면, 그 상태로 어둠의 힘에 필적하는 빛의 힘을 손에 넣으면 된다.'

하지만 이를 실제로 구현하는 것은 결코 쉽지 않았다.

단순히 다른 산 자의 육신을 빼앗는 정도로는 아스트라 슈나프의 무결성을 훼손할 수 없었다.

그럼에도 죽음의 신은 결국 해답을 찾았다.

'나 자신의 육체가 기반이 된다면 가능하다.'

문제는 테스라낙이 이미 자신의 육체를 버린 지 오래라는 점이었다.

그래서 그는 과거로 눈을 돌렸다.

시공을 초월해 과거의 육체에 깃든다면 그의 숙원을 이룰 수 있다!

연구가 이어졌다. 실패도 이어졌다.

하나 그는 좌절하지 않았다.

이미 불멸을 얻은 그에게 시간은 아무 가치도 없는 자원이었다. 마음껏 낭비하며 새로운 시도를 할 수 있었다.

결국 시공을 초월하는 궁극의 술법, 시공 초월비가 완성되었다.

검붉은 비석 앞에 서서 테스라낙은 생각했다.

'이것이라면 과거로 돌아갈 수 있다. 하지만 이 역시 완벽하진 않다.'

시공 초월비가 되돌려주는 것은 그의 영혼뿐이었다.

물론 그의 육체는 영기로 이루어진 아스트라 슈나프의 그것이었으니, 이 술법을 이용하면 영혼뿐 아니라 권능 역시 과거로 보낼 수 있긴 하다.

하지만 그래서는 그의 영혼과 권능이 분리되어 버린다.

'그건 곤란하지.'

주인을 잃고 울부짖던, 약해 빠진 일개 시종으로 돌아가기 위해 이 술법을 개발한 것이 아니다.

'어떻게 해야 할까?'

답을 찾았다.

그의 영혼과 권능이 분리되는 건, 영혼은 안착할 자리가 있으나 권능은 그렇지 않기 때문이다.

테스라낙의 영혼이 과거의 육체를 차지하는 것은 세계의 법칙을 크게 거스르지 않는다.

그러나 아스트라 슈나프의 권능은 너무도 거대하다. 강제로 과거의 시간대에 개입하려는 순간 저항을 받게 된다.

'사령술의 위력을 가장 극대화하는 것은 바로 분산.'

곧바로 시공 회귀를 하는 것이 아니라, 일단 허수공간에 머무르며 영혼과 권능의 합일을 유지한다.

그리고 그 상태로 천천히 과거에 권능을 나눠 뿌려 세상을 어둠으로 물들인다.

그로 인해 자신이 내려갈 자리를 만든다.

'이거라면 가능하군.'

하나 이 계획 역시 문제점이 있었다.

현재와 달리 과거엔 일곱 여신이 건재하다. 7여신교도, 인류도, 용족과 요정족도 모두 멀쩡한 세상이다.

여기에 분산된 어둠을 마냥 뿌려 봐야 바로 청소당할 것이 뻔했다.

테스라낙을 위해 먼저 과거로 돌아가, 세상을 어둠으로 물들여 터를 닦을 이들이 필요한 것이다.

※

"시공 초월의 술법은 테스라낙 이전엔 존재하지 않았던 것. 당연히 그것이 제대로 작동할지 확신은 없었습니다."

뎀피스의 말에 따르면, 테스라낙은 심복을 보내기에 앞서 사전 실험부터 했다고 한다.

"잃어도 아쉬울 것 없는, 하지만 시공 회귀를 버티기에 충분히 강력한 영혼을 먼저 보낸 것이지요."

끝까지 저항했던 인류의 영웅, 끝내 권속으로 만들지 못한 강인한 영혼의 소유자.

"시프라스의 무왕, 라피셀 크로테움을 말입니다."

라피셀의 영혼은 무사히 시공을 넘어 과거로 돌아갔다.

비록 넘어간 후의 행방에 대해선 제아무리 테스라낙이라도 알 도리가 없었지만, 성공했다는 사실을 확인한 것만으로도 충분했다.

"그 이후에는 본격적으로 움직였습니다."

테스라낙이 강림할 터를 닦기 위해선 어둠과 죽음의 힘, 사령력만으로는 힘들다.

기존의 세계에 충만한 권능인 마나와 오러, 신성력과도 조화를 이룰 필요가 있다.

그리하여 3인의 선발대가 선정되었다.

마나를 대표하는 대마법사, 엘레자르 데 리플라시온.

오러를 대표하는 무왕, 드렐타인 텔릭스.

신성력을 대표하는 타락한 태양의 교황, 제덱스 티엘란드였다.

라피셀의 실험 성공을 확인한 뒤, 테스라낙은 3인의 선발대를 마저 과거로 회귀시켰다.

지정한 시공 회귀 좌표는 이 시점이었다.

그의 주인이 에밀 스트라우스에게 죽임을 당하고, 테스라낙이 권능을 이어받아 새로운 사령술사로 재탄생했던 바로 그 순간.

카르나크의 경우와 똑같다.

사령력으로 시공을 초월하는 것이니 목표로 하는 과거에도 동일한 접점이 존재해야 한다.

"하지만 정작 3인의 선발대가 회귀한 시기는 많이 빗나갔다고 하더군요."

고개를 저으며 뎀피스는 말을 이었다.

"라피셀의 경우에는 아예 상황을 알 수 없으니 어느 시점으로 회귀한 건지도 알 수 없었고 말입니다."

선발대가 미래에서 출발한 시기는 거의 동시였다. 하지만 회귀한 시간대는 각자 달랐다.

대마법사 엘레자르는 지금으로부터 5년 전.

타락한 태양의 교황, 제넥스 티엘란드는 7년 전.

그리고 드렐타인 텔릭스의 경우엔, 현 시간대보다 무려 10년도 더 전의 과거로 회귀했다고 한다.

"10년?"

듣고 있던 바로스가 놀라 카르나크를 돌아보았다.

"그렇게 오차가 클 수도 있어요?"

"일단 이론적으로 말은 되는데……."

시공 회귀 좌표를 지정하는 행위는, 사령술을 익힌 바로 그 시점을 기준으로 시공 전체를 크게 넓혀 과녁판을 만드는 것에 비유할 수 있다.

"과녁에 화살을 쏜다고 반드시 정중앙에 맞으리란 법은 없겠지?"

실제로 카르나크와 바로스 역시 살짝 빗나가서 두 달 뒤 시간대로 돌아왔다.

물론 10년은 역시나 과하지만, 테스라낙 본인이 아니라 타인을 보낸 것이니 오차 범위가 더 큰 것도 이해가 간다.

"말하자면 장궁 시위에 정식 화살 대신 석궁용 볼트를 걸고 쏜 셈이야. 당연히 명중률도 떨어지겠지."

바로스가 다시 물었다.

"그럼 도련님도 실은 사령력 익히기 이전으로 돌아갈 수도 있었다는 겁니까?"

카르나크가 고개를 저었다.

"그건 아니고."

사령력이 기준이니, 과거의 자신 역시 사령력을 지니고 있어야 한다.

"하지만 이건 테스라낙 본인이 아니라 타인부터 보낸 거잖아."

이 경우라면 과거와 미래의 구별 없이 오차가 벌어질 수 있는 것이다.

"당장 바로스 너만 해도 그냥 나한테 편승한 거라 사령력에 상관없이 회귀했으니까."

"어, 그러네요."

둘의 눈치를 보며 뎀피스가 자연스레 설명을 이었다.

"계속 말씀드리겠습니다."

3인의 선발대가 모두 모이기 전까진 테스라낙의 계획도 진행될 수 없다.

게다가 10여 년 전의 드렐타인은 아직 무왕이 아니었다. 미래에 라티엘의 교황이 되는 제덱스 역시 현시점에선 일개 성직자일 뿐이었다.

바로스의 사례를 봐도 알 수 있듯, 아무리 미래의 경험과 경지를 지닌 영혼이라 해도 육체의 제약을 극복하려면 시간이 필요한 법이다.

둘 다 힘을 키우느라 바빠 대놓고 움직일 처지가 아니었다.

반면 엘레자르는 달랐다.

그녀는 회귀한 시점에서 이미 대마법사이자 제국 황실 마법사였다.

"그래서 계획이 본격적으로 진행된 건 5년 전부터입니다."

엘레자르는 제국의 권력을 이용해 물밑 작업을 시작했다.

먼저 도착한 두 사람도, 그녀의 조력이 받쳐 주니 그제야 세력을 꾸릴 수 있었다.

검은 신의 교단이 세워지고 죽음의 신 테스라낙에 대한 신앙이 대륙 전역에 은밀하게 퍼져 나갔다.

3인의 선발대가 모두 자리를 잡자 테스라낙도 다음 계획으로 넘어갔다.

시공을 열고 본인 역시 회귀를 시도한 것이다.

"단, 과거로 바로 돌아가진 않았습니다."

카르나크는 영혼만 가고 권능은 버리는 거라 곧바로 과거 가는 데 아무 문제가 없었지만, 테스라낙은 본연의 힘을 모두 유지하고 싶어 한다.

아스트라 슈나프의 권능을 버릴 수 없으니 일단 허공간에 안착한 뒤 자신의 권능을 분산시켜 과거의 세계로 뿌렸다.

일명 '종말의 어둠 사건'이었다.

테스라낙의 권능이 온 세상에 뿌려지니 검은 신의 교단 역시 더욱 강해졌다.

종말의 어둠을 회수해 신도들에게 내리고 교세를 키우며 세상을 더더욱 칠흑으로 물들어 갔다.

"당연히 세상도 결코 가만히 당하지만은 않았지요."

7여신교에 신탁이 내려왔다. 전 세계가 합심해 종말에 맞서 싸웠다.

하나 지혜로운 죽음의 신 테스라낙은 모든 것을 예상하고 대비해 놓았다.

3인의 선발대를 보내기 전, 그는 이미 아스트라 슈나프의 권능을 기존의 힘과 융합하는 법을 전수한 후였다.

그 덕에 기존의 강자가 검은 신의 교인이 되어도 오러를, 마나를, 신성력을 지닌 채 사령술사가 될 수 있었다.

이것은 교세를 넓히는 데 참으로 큰 효과를 낳았다.

아무리 강력한 마법사나 오러 유저, 심지어 성직자라 할지라도 눈앞의 고통과 죽음 앞에 태연한 이는 별로 없었으니까.

게다가 테스라낙이 대비한 것은 이뿐만이 아니었다.

그가 보낸 건 3인의 '선발대'다.

이는 곧 본대와 후발대 역시 존재한다는 의미다.

한때는 인류의 강자였던, 이제는 죽은 자들의 제국 네크로피아의 충실한 수하가 된 이들.

그들 역시 차례로 회귀시켜 과거의 저항에 맞서게 할 생각이었다.

"다만 여기에도 까다로운 문제는 남아 있었습니다."

수하들을 회귀시킬 때, 과연 어느 시간대에 도착하게 될지 통 짐작이 안 가는 것이다.

정확하게 시기를 특정 짓지 못하면 계획 역시 제대로 진행되지 못할 터.

"그것을 위해 테스라낙은 3인의 선발대에게 또 다른 지식을 내렸습니다."

배가 항구에 도착해야 한다. 그런데 폭풍우가 너무 심해 항구의 위치를 찾기 힘들다. 그래서 여태까진 항구 인근 육지에 대충 배를 정박시켰다.

이 문제를 해결하려면 어떻게 해야 할까?

항구 앞바다에 등대를 세우고 배를 유도하면 된다.

테스라낙이 내린 지식은 저 '과거'라는 이름의 항구에 '시공의 등대'를 세우는 방법이었다.

잠시 품을 뒤진 뎀피스가 뭔가를 꺼냈다.

"바로 이것입니다."

표면에 어둠의 무늬가 회오리치는, 윤기 나는 칠흑의 정육면체였다.

"역시공 초월체, 시공 초월비의 파편으로, 시공 좌표의 한 점을 지정하는 시간의 유도등이지요."

그것을 본 카르나크 일행의 표정이 일제히 굳었다.

"어?"

"저거……."

다들 한번 본 바 있는 것이다.

카르나크도 품에서 똑같은 칠흑의 정육면체를 꺼냈다.

"이거잖아?"

이번엔 뎀피스가 놀랐다.

"어떻게 카르나크 님이 그걸 가지고 계십니까? 혹시 직접 만드신 겁니까?"

"그건 아니고……."

카르나크는 잠시 고민했다.

이걸 뭐라고 설명해야 할까? 웬 괴상한 마녀가 날뛰고 있기에 조졌더니 이게 되더라?

"일단 줘 봐."

느닷없는 요구임에도 뎀퍼스는 충실히 따랐다.

거리낌 없이 손에 쥔 정육면체를 건넨다.

"여기 있습니다."

두 정육면체를 번갈아 보며 카르나크는 신음을 흘렸다.

"이게 시공 초월비와 관련이 있다고?"

시공 초월비를 직접 만든, 사령술의 극한에 다다른 그임에
도 이 정육면체의 정체에 대해선 전혀 파악할 수 없었다.

아무리 세계 최고의 시계공이라 할지라도 일단 시계 뚜껑
은 열어야 내부를 파악할 것 아닌가?

어둠이 지나치게 압축되어 있어 살펴볼 만큼 해체할 수조
차 없었던 것이다.

'하지만 동일한 샘플이 하나 더 있다면…….'

바로스가 옆에서 슬쩍 물었다.

"뭔가 알아냈어요, 도련님?"

"일단 이야기부터 마저 듣자. 정보를 좀 정리할 필요가 있
으니까."

역시공 초월체의 지식으로 인해 3인의 선발대, 현재 검은

신의 교단의 세 성인이 된 그들은 미래로부터 테스라낙의 본대를 유도할 수 있게 되었다.

하지만 역시공 초월체를 만드는 것에도 문제는 있었다.

이는 살아 있는 자는 창조할 수 없는 성질의 물건이었다.

"그렇겠지."

이야기를 듣던 카르나크가 당연하다며 고개를 끄덕였다.

"시공 초월비의 역행 술식이라면 산 자는 건드릴 수 없어야 이론상 맞지."

뎀피스가 설명을 이었다.

"하지만 3인의 선발대는 생육신을 포기할 수 없는 상황이지요."

저들은 검은 신의 교단 최고 수뇌부로서 대륙 전역에 교세를 펼쳐야 할 임무를 지니고 있었다. 그러기 위해선 대외적인 신분 또한 유지해야 하는 것이다.

"대마법사 엘레자르가 어느 날 갑자기 좀비가 되어 나타날 순 없지 않겠습니까?"

대신 역시공 초월체를 창조할 인재가 필요했다. 그것도 언데드 상태의 인재가.

아쉽게도 현시대엔 그 정도의 인재가 없었다.

"하지만 미래엔 존재했지요."

뎀피스가 자신을 가리켰다.

"바로 저희들이 말입니다."

네크로피아 제국의 4대 총독.

동의 말로카, 서의 칼라프, 남의 뎀피스, 북의 티라파트.

테스라낙은 이 4명의 아크 리치를 미래에서 과거로 회귀시켰다.

이들의 임무는 바로 현시대의 어둠을 모아 역시공 초월체를 창조한 뒤, 남은 무왕들과 대마법사들을 마저 이 시대로 부르는 것.

"모든 무왕과 대마법사가 이 땅으로 돌아오면, 그들의 그 가공할 힘이라면 검은 신의 교단 역시 확실하게 온 세상을 장악할 수 있을 테니까요."

테스라낙이 모든 권능을 지닌 채 강림할 수 있는 조건은 다음과 같다.

현세에서 테스라낙에 대한 신앙이 가장 거대하면 된다.

반드시 세계를 정복할 필요까진 없다. 반드시 유일신이 될 필요도 없다.

"노골적으로 말하면, 7여신교보다 한 푼만 더 교세가 넓어도 조건은 충분히 만족하는 것이군?"

"그렇습니다. 일단 테스라낙이 강림한 후에는 더 이상 고민할 필요도 없고요."

그렇게 뎀피스에게 내려진 임무가 바로 미래의 무왕, 레번 스트라우스를 이 땅에 소환하는 것이었다.

"이를 위해 몇 년째 은밀히 준비하고 강림 의식을 거행했지요. 하필 카르나크 님을 만나는 바람에 전부 실패로 돌아 갔지만 말입니다."

✻

이로써 뎀피스의 설명은 일단락되었다.

카르나크는 잠시 생각에 잠겼다. 그리고 문득 물었다.

"그러니까……."

양손에 칠흑의 정육면체를 쥔 채, 그중 뎀피스가 넘겨준 것을 들어 보인다.

"이걸 만든 게 뎀피스, 자네라 이거지?"

"예. 시킨 대로 했을 뿐이고 원리 같은 것은 여전히 이해를 못하고 있지만 말입니다."

뎀피스의 목소리가 살짝 작아졌다.

그 역시 9서클의 마스터. 경지에 오른 마법사인데 모른다는 소리를 하려니 부끄러운 모양이었다.

"그렇다면……."

이번엔 카르나크가 반대쪽 정육면체를 들어 보였다. 정체불명의 마녀가 변화한 그 물건이었다.

"이건 누가 만든 거지?"

"저도 그게 궁금합니다만……."

"자네가 봐도 모르나?"

"모르죠. 만들고 이름 써 놓는 것도 아닌데요."

"하긴 그런가?"

카르나크는 두 정육면체를 도로 품에 넣었다. 그리고 물었다.

"그래도 자네 말고 다른 총독 중 1명이 만들긴 했겠지?"

뎀피스가 고개를 저었다.

"꼭 그렇다고 볼 수는 없습니다. 현재 저 말고 다른 총독들은 아직 이 시공에 도착하지 않았거든요."

듣고 있던 세라티가 물었다.

"어머, 같이 출발했다면서요?"

"아까도 말씀드렸듯이, 같이 출발한다고 같이 도착하는 건 아니니까요."

뎀피스는 세라티에게도 정중한 어조를 사용하고 있었다.

바로스야 전생 때부터 이어진 심복이지만 세라티는 일반적인 권속일 뿐이니 사실 이렇게까지 예의를 갖춰 대할 필요는 없다.

하지만…….

'카르나크 님이 대하는 걸 보니 보통 사이가 아니던데, 알아서 눈치 살피는 게 낫겠지?'

뎀피스가 정중히 설명을 이었다.

"저희는 역시공 초월체 없이 시공 회귀했습니다. 3인의 선발대와 같은 처지였지요. 그래서 제일 먼저 도착한 게 저입니다."

물론 검은 신의 교단에서 다른 뛰어난 마법사를 손에 넣어 언데드로 바꾼 뒤 만들게 시키는 방법도 있기는 하다.

아니면 그도 모르게 도착한 다른 총독이 존재할 수도 있고.

"일단 그런 일이 일어났다는 소식은 듣지 못했습니다만……."

자신 없는 목소리로 템피스가 말을 맺었다.

"교단 내에서도 워낙 소통이 안 되다 보니 그런 일이 없다고 단언할 수도 없긴 합니다."

"그렇단 말이지……."

관자놀이를 짚으며 카르나크가 나직이 중얼거렸다.

"역시 이거, 일종의 다른 세상인가?"

시공을 다루는 마법에 대해 실로 다양한 마법사들이 온갖 사고 실험을 한 바 있다.

저 사고 실험의 대다수는 결국 하나로 귀결된다.

타임 패러독스를 어떻게 해명할 것인가?

오버 킬이란 기술을 누가 창조했느냐 같은 카르나크의 의문도 있듯, 과거와 미래를 오가게 되면 필연적으로 역설이 발생한다.

이를 해결하기 위해 여러 가설이 등장했다.

무슨 수를 써도 과거를 바꿀 수 없다는 식의 운명론.

과거를 바꾼 줄 알았지만 실은 그조차도 일어날 일이라서 일어나게 되었다는 식이다.

가변 역사와 불가변 역사 가설.

자잘한 과거는 바꿀 수 있지만 거대한 운명은 바꿀 수 없다는 식이다.

역사 개변 가설.

과거를 바꾼 순간 원래 존재했던 미래는 사라지고, 전혀 다른 새로운 미래가 펼쳐진다는 식이다.

그리고 평행 세계 가설.

사소한 선택에 따라 미래가 무수히 갈리며, 그때마다 전부 그에 걸맞은 평행 세계가 존재한다는 식이다.

혹은 패러독스의 존재 자체가, 시공을 초월하는 행위가 불가능하다는 명백한 증거라고 말하는 이도 있었다.

뭐, 마지막의 경우엔 카르나크가 과거로 넘어온 시점에서 의미 없는 가설이 되어 버렸지만.

이 중 카르나크가 지지했던 가설은 역사 개변 가설이었다.

과거로 돌아가는 순간 자신이 넘어왔던 미래는 사라지며 시공의 연속성은 카르나크 개인에 종속된다. 그렇기에 카르나크 자신은 여전히 사라진 미래의 정보를 지닌 채 새로운 시간을 쓰게 된다.

"시공 초월비를 만들며 얻은 자료를 보면 이게 제일 맞다고 생각했거든?"

하지만 이 가설은 폐기되었다.

미래에서 온 라피셀을 만났으니까.

역사 개변 가설이 사실이라면, 미래의 모든 것이 사라졌으니 라피셀이 미래에서 그들을 따라 이 시간대로 오는 것 역시 불가능하다.

반면 뎀피스의 설명은 많은 것을 설명해 준다.

왜 돌아온 가문이 대체로 비슷하면서도 어딘가 달랐나?

왜 라피셀을 아는 엘레자르나 뎀피스가, 정작 카르나크와 바로스는 모르는 건가?

이곳이 일종의 평행 세계라면 그동안 느낀 의문 대부분이 풀리는 것이다.

"테스라낙의 존재 역시도 설명이 되고."

어쩌면 그 역시 첫 시작은 카르나크와 바로스였을지도 모른다.

하지만 운명이 뒤틀려 카르나크가 죽고 바로스가 그를 취했다면, 그리고 카르나크도 바로스도 아닌 제3자가 되었다면 이름을 테스라낙이라 바꾸고 활동했을 수도 있지 않은가?

"아무리 봐도 저거 나 아닌 것 같긴 한데, 일단 그렇다 치자고."

이 경우라면, 원래는 바로스의 운명을 지녔다 해도 카르나크의 영육과 권능을 취했으니 이후의 행보가 흡사한 것이 아주 이해 못 할 일은 아니다.

템피스의 낙인이 그토록 똑같았던 것 역시 어느 정도 말이
되고.

"그래, 여러모로 맞아떨어지긴 하는데……."

카르나크는 애매한 표정을 지었다.

그럼에도 여전히 풀리지 않는 의문점이 남아 있었다.

"일단 이 역시공 초월체의 존재가 납득이 안 가."

템피스를 돌아보며 카르나크가 물었다.

"이걸 만든 이유가 미래에서 데리고 오는 놈들 제시간 맞
추기 위해서랬지?"

"너무 축약하신 감이 없지 않지만, 그렇지요."

"자네들은 3인의 선발대처럼 랜덤하게 이 시공으로 보내
졌고?"

"예."

"좀 이상하지 않나?"

"어떤 부분을 말씀하시는 겁니까?"

의아해하는 템피스를 향해 카르나크는 인상을 썼다.

"이미 여러 명 랜덤하게 잘만 보냈잖아. 그래 놓고 다른
애들은 그렇게 보내지 못할 이유가 뭔데?"

"그야, 정해진 시간에 제대로 합류하기 위해서……."

"그러니까 그 이유가 이상하다고."

이미 테스라낙은 3인의 선발대와 4대 총독을 역시공 초월체 없이 이 시간대로 보냈다. 이는 그 이후에도 비슷한 일을 할 수 있다는 의미다.

"그런데도 타이밍을 맞추기 위해서 굳이 시간대를 지정한다고?"

뎀피스는 이를 검은 신의 교단 세력을 키우기 위해서라고 했지만, 정말 그게 목적이면 굳이 그럴 필요가 없다.

"그냥 닥치는 대로 보내고 또 보내면 되는 거잖아."

우연은 중첩될수록 필연으로 변한다.

1명의 부하를 하루 안에 귀환시키는 건 말도 안 되는 확률이겠지.

하지만 10명을 한 달 안에, 100명을 1년 안에, 천 명을 10년 안에.

이런 식으로 밭에 씨앗 뿌리듯 폭넓게 왕창 뿌려 버린다면?

"이러면 아무리 랜덤이라도 결과적으로 필요한 만큼의 전력은 수급할 수 있지."

"그, 그렇군요."

뎀피스도 당황하며 말미를 흐렸다.

여태 못 느꼈는데 카르나크의 설명을 들어 보니 그 역시 모순점이 느껴진다.

"그런데 굳이 역시공 초월체를 만들어 이쪽에서 길을 유도한다고? 이건 뭔가 다른 이유가 있다는 의미인데……."

고민하는 카르나크를 향해 뎀피스가 고개를 숙였다.

"죄송합니다. 저도 거기까진 잘 모르겠습니다."

"뭐, 모르는 거야 어쩔 수 없고."

고개를 끄덕이며 카르나크가 화제를 바꿨다.

"의문점은 또 있다."

세계의 수호자, 용황제 그라테리아.

"내가 온 미래에선 확실히 그라테리아가 존재했어."

반면 뎀피스가 온 미래, 테스라낙이 지배했던 그 세상에는 그라테리아가 존재하지 않았다.

처음부터 없었는지, 아니면 모종의 이유로 있다가 사라졌는지는 모르겠지만.

"그렇다면 이 세계에는?"

이 세계의 주민, 세라티와 레번을 돌아보며 카르나크가 물었다.

"용황제가 존재하나, 존재하지 않나?"

레번이 심각한 어조로 대답했다.

"전 난생처음 들어 봅니다."

세라티는 애매한 표정이었다.

"전 예전에 카르나크 님께 듣긴 했어요. 그 전엔 몰랐고요. 그땐 그냥 제가 워낙 시골뜨기라 모르는 거라고 생각했 었는데…….”

물론 이 정도로 용황제가 존재하지 않는다는 증거는 되지 못한다.

카르나크의 미래에서도 그라테리아라는 이름은 종말 직전 까지 존재를 아는 이가 거의 없었으니까.

세라티가 물었다.

“역시 존재하지 않는 게 아닐까요? 세상이 파멸로 달려가 고 있는데도 아직 나타나지 않았잖아요.”

바로스가 쓴웃음을 지었다.

“어, 그게 일종의 상대평가인 건데요…….”

카르나크가 온 세상을 말아먹으며 날뛸 때에도 용황제는 그냥 자고 있었다.

현재의 어지러운 세상은 그의 기준에선 그냥 흐린 날씨 정 도에 불과한 것이다.

“그럴 리가…….”

믿을 수 없다며 레번이 말했다.

“멸망을 막으라고 일곱 여신께서 신탁까지 내리셨는데 요?”

“우리 땐 신탁 같은 건 없었지만, 하여튼 현재의 세상 정 도면 충분히 양호한 건 사실이죠.”

용황제가 세계 파멸로 인식할 정도면 세상이 지금보다도

훨씬 더 망가져야 하는 것이다.

예를 들면, 미래에서 어둠과 죽음의 신이 강림한다거나…….

"생각해 보면 정말 중요한 문제군요. 인류가 결국 종말을 막지 못해 테스라낙이 진짜로 강림한다면, 용황제가 최후의 보루가 될 수도 있을 테니까요."

뭔가 떠오른 듯 레번이 말을 이었다.

"다행히 이 경우에는 확인할 방법이 있습니다."

용황제의 존재는 거의 알려져 있지 않아 전설이나 신화처럼 아스라이 전해질 뿐이라 했다.

거꾸로 말하면, 전설이나 신화로는 전해진다는 소리다.

"제국 도서관이나 여신교의 대신전을 찾아 오래된 기록을 살펴보면 뭔가 흔적이 남아 있지 않겠습니까?"

"그렇군. 조사할 가치가 있겠어."

나중에 알리우스를 찾아야겠다며 카르나크는 고개를 끄덕였다.

"하여튼 그라테리아 문제야 확인해 보면 될 일이고……."

사실 앞의 두 문제는 그냥 의문일 뿐이다.

딱히 테스라낙의 세계가 카르나크의 평행 세계라 해도 별문제가 생기는 것은 아니다.

하지만 이 경우, 도저히 이해가 안 가는 부분이 하나 존재한다.

"분명 제일 먼저 라피셀을 보냈다고 했지? 실험 삼아서 말이야."

"예."

"그리고 그게 저 라피셀일 테고?"

"그렇습니다만."

뎀피스는 의아해했다.

왜 당연한 사실을 굳이 확인하는 걸까?

카르나크가 안색을 굳혔다.

"라피셀은 날 알고 있었어."

"예?"

"나, 카르나크, 저주받을 사령왕을 정확하게 알고 있었다고."

심지어 바로스도 알고 있었다.

그것도 아주 정확하게 '로드 바로스'라는 칭호까지 사용하면서.

"테스라낙이 라피셀을 보냈다면, 어떻게 우릴 알고 있는 거지?"

많은 의문이 풀렸다. 그리고 새로운 의문이 생겨났다.

"이건 지금 당장은 어쩔 수 없군."

지배의 낙인이 찍힌 뎀피스가 카르나크에게 숨기는 것이
있을 리 없다. 더 캐물어 봐야 답이 나오지 않는 것이다.

"슬슬 여기도 정리해야지."

몸을 일으키다 말고 카르나크가 레번을 돌아보았다.

"아, 그리고 레번에게도 권속의 역할에 대해 좀 더 알려
줘야겠지?"

굳이 그가 떠들 필요도 없다. 친절하고 선량한 선임자가
있으니까.

"어이, 세라티."

"네, 안 그래도 이렇게 될 것 같았어요."

간략히 말해 주었다.

배신할 수 없다는 것, 카르나크의 정체를 알려서는 안 된
다는 것, 하지만 노예라 할 정도는 아니고 어느 정도의 자유
는 있다는 것도.

레번이 납득한 듯 물었다.

"그렇군요. 당신도 카르나크 님의 권속이었나요?"

그 역시 세라티처럼 자기도 모르게 카르나크에게 존칭을
붙이고 있었다.

당시를 떠올리며 그녀가 고소를 머금었다.

"저 역시 당신처럼 불가항력이었죠."

두 팔을 잃었던 이야기를 해 주며 세라티는 빙그레 웃었
다.

"권속이 돼서 좋은 점도 없진 않아요. 일단 부상에서 꽤 자유로워지죠, 사지가 잘려도 재생이 되잖아요?"

물론 그렇다 하여 레번의 표정이 펴질 리는 만무하다.

명문 중의 명문인 스트라우스 가문의 핏줄이 사령술사의 권속이 되었는데? 당연히 앞날이 캄캄하겠지.

카르나크가 입을 삐죽였다.

"거, 강제로 노예 만든 것처럼 여기진 말고. 원래는 바로스를 권속으로 되돌리려고 노력 중이었거든! 그 자리를 대신 내준 거니 고맙게 여기라고."

레번이 눈을 가늘게 치켜떴다.

"그럼 그냥 저를 도로 계약에서 해지하고 바로스 경을 권속으로 만들면 되는 것 아닙니까?"

"아, 그건……."

뜨끔한 카르나크가 화제를 돌리려는데 뎀피스가 눈치 없게 끼어들었다.

"그래도 괜찮겠나? 권속 계약이 풀리면 그 자리에서 죽게 될 텐데."

놀란 대꾸가 돌아왔다.

"네?"

레번이 아니라 세라티였다. 당황하며 뎀피스가 그녀를 돌아보았다.

"설마 모르셨습니까?"

카르나크와 바로스가 얼굴을 감싼다.

"야, 뎀피스……."

"아이고……."

실실 웃으며 세라티가 카르나크를 노려보았다.

"저기요, 카르나크 님? 이게 대체 뭔 소리인지 해명이 필요한 것 같은데요?"

뎀피스를 째려본 뒤 카르나크가 대꾸했다.

"정확히는 영혼이 분해된다는 소리야."

계약이 해지된다는 것은 계약이 지워진다는 의미.

그런데 그 계약에 권속의 영혼이 속박되어 있다. 그러니 계약이 지워지면 영혼도 함께 지워진다.

그래서 뎀피스도 카르나크를 죽여 레번의 영혼을 소멸시킨 뒤 미래 레번을 그 몸에 소환시키려 했던 것이다.

낙인의 영향력 때문에 결국 못 했지만.

"세라티가 신경 쓸 필요는 없어. 어차피 난 권속의 계약을 풀 생각이 전혀 없으니까."

잠깐 발끈했던 세라티가 표정을 풀었다.

'그래도 이런 걸로 내 눈치를 본다는 건, 어느 정도는 인간다워졌다는 의미일까?'

대충 넘어간 것 같아 카르나크가 뎀피스에게 명령을 내렸다.

"어둠의 장막을 걷어. 다른 애들도 구해야지."

혼돈의 역습

예배당 전체를 뒤덮었던 어둠이 사라졌다. 막혀 있던 통로들도 전부 원상 복구되었다.

명령을 완수한 뎀피스가 꾸벅 허리를 숙였다.

"그럼 전 몸을 숨기겠습니다."

밀리아나 에디아에게 그를 수하로 삼았다는 걸 알릴 수는 없는 것이다.

"그런데 라피셸에게도 비밀로 합니까?"

당연한 것 아니냐며 카르나크가 대꾸했다.

"그러니까, 테스라낙이 한 짓이 내가 한 짓이라고."

뎀피스도 바로 납득했다.

"반드시 감춰야겠군요."

어쩌다 보니 권속이 된 덕분에 레번에게까지 숨길 필요는 없어졌지만.

"이건 다행이네요."

"그렇죠. 레번 경 같은 경우는 아예 전부 다 봐 버렸으니까요."

세라티와 바로스의 대화에 레번이 눈을 껌벅였다.

"혹시 제가 권속이 아니었다면 무슨 일을 당하게 되는 겁니까?"

두 사람이 딴청을 피웠다.

레번의 안색이 더욱 불안해졌다.

"……저기요?"

하여튼, 대외적으로는 카르나크가 아크 리치와 다른 사령술사들을 물리치고 동료들을 구한 걸로 위장해야 한다.

그래서 뎀피스는 카르나크 일행이 탈출한 후 따로 움직이게 되었다.

이를 위해 이미 몇몇 지시도 내려놓았다.

"그럼 명하신 대로 행하겠습니다."

"연락은 미리 정한 대로 하고."

"예."

대화를 마친 뎀피스는 서둘러 예배당 밖으로 빠져나갔다.

그가 모습을 감추자 카르나크가 석실 쪽을 바라보았다.

"자, 그럼 이제 애들을 구해야…… 아니, 그 전에 할 일이 남아 있구나."

레번도 권속이 되었으니 은밀한 마법 전언에 합류시킬 필요가 있다.

잠시 마법을 준비하더니 카르나크가 전언을 보냈다.

[자, 자! 들리나, 레번?]

"헉! 이게 뭡니까?"

이어서 바로스와 세라티의 목소리도 머릿속을 울린다.

[우리끼리 떠드는 마법요.]

[워낙 남들이 들으면 안 될 말을 많이 하거든요.]

당황하며 레번이 좌우를 돌아보았다.

또 카르나크가 눈짓을 했다.

"세라티."

"아주 작정하고 부려 먹으시네요."

투덜대면서도 그녀는 착실하게 전언 사용법을 가르쳐 주었다.

방법 자체가 어렵진 않아 레번 역시 쉽게 익혔다.

[이렇게 하는 겁니까? 대화보다 훨씬 빠르네요.]

[전투 시에 꽤 쓸모가 많죠.]

그렇게 필요한 일을 전부 마쳤다.

"자, 이제 진짜 애들 구해야지."

잡혀 있던 이들은 무사했다.

수면 마법을 걸어 잠재워 둔 덕에 기력이 조금 없을 뿐 거동에는 별문제가 없었다.

구출된 밀리아가 놀라 물었다.

"세상에, 아크 리치를 해치우셨단 말인가요?"

에디아야 아크 리치란 존재가 얼마나 괴물인지 모르니 '역시 킹스 오더는 대단하구나' 하고 넘어갔지만, 나름 언데드에 대한 지식이 있는 이라면 경악하지 않을 수 없는 것이다.

카르나크와 바로스가 손사래를 쳤다.

"운이 따랐을 뿐이야."

"이런 행운, 두 번은 안 따를걸요."

너스레를 떠는 게 아니라 정말로 운이 좋았다.

세라티가 각성해 주지 않았다면 아무리 카르나크라도 대책이 없었을 것이다.

라피셀도 감탄 중이었다.

"우와! 세라티 언니, 블루 나이트 되셨네요?"

정말이지 굉장하다.

아직 20대 중반이라는 젊은 나이인데 벌써 청색급의 경지에 오르다니!

'역시 언니는 대단해! 나도 더욱 용맹 정진해야겠다!'

그런 라피셀을 보며 세라티는 기막혀했다.

'얘는 어떻게 그걸 보자마자 알아차린 거야?'

아무도 그녀가 청색급 됐단 소리를 먼저 하지 않았다. 그런데 대뜸 감탄부터 터뜨린 것이다.

운 좋게 남들보다 일찍 경지에 오르긴 했지만, 그래도 저런 진짜 천재를 보고 있자니 위기감이 절실히 느껴진다.

'뒤처지지 않으려면 나도 열심히 노력해야겠네.'

대충 상황 설명이 끝나자 카르나크는 일행을 재촉했다.

"수뇌부는 해치웠지만 사교도 잔당이 언제 들이닥칠지 모릅니다. 어서 탈출하죠."

<hr />

탈출은 전혀 어렵지 않았다.

당연했다. 숨어 있던 템피스가 먼 길 편히 가시라며 열심히 뒷바라지를 해 준 것이다.

아무 문제 없이 말레피쿠스 던전을 빠져나와 개척 도시 웰라드로 향할 수 있었다.

그 와중에 숲에 파묻었던 사령술사도 잊지 않고 도로 챙겼다. 역시 밀리아가 착하긴 착했다.

묻은 지 나흘쯤 지난 터라 반쯤 시체 상태에 정신적으로도 크게 문제가 생긴 듯했지만, 어쨌든 죽기 전에 구해 준 것은 사실이었다.

그 이후엔 어떻게 됐냐고?

재판 받고 목 잘렸지. 사령술산데.

무사히 웰라드 시티에 도착한 후 에트리얼 킹스 오더에 사교도들에 대한 정보를 넘겼다.

이제 토벌대를 보내는 것은 저들의 몫이었다.

하지만 바로 유스틸 왕국으로 돌아갈 순 없었다. 그 전에 해결해야 할 문제가 있었다.

레번은 카르나크의 정체를 알아 버렸다. 그의 권속이 되기도 했다.

아무리 좋은 사람이라도, 자신의 목숨이 걸린 비밀을 아는 이를 함부로 눈 밖에 내놓긴 힘든 법이다.

심지어 카르나크는 그렇게 좋은 놈도 아니다.

딱 잘라 말했다.

"따라와."

당연히 레번은 질문을 던졌고…….

"에트리얼 킹스 오더는요?"

당연한 대답을 받았다.

"그만둬야지."

"……알겠습니다."

의외로 레번은 순순히 받아들였다.

사령술사의 권속이 된 자신이, 사교도를 전문적으로 사냥

하는 킹스 오더에 계속 남아 있기엔 양심의 가책이 느껴졌으니까.

"그럼 이대로 카르나크 님을 따라다니면 됩니까?"

"그대로는 좀 부자연스럽지? 세라티처럼 제스트라드 가문의 기사로 임명해 줄게."

세라티가 난처해하며 끼어들었다.

"그럼 레번 씨가 에트리얼 왕국을 버리고 유스틸 왕국으로 가는 게 되는데요. 이거 국제 문제 아니에요?"

오러 유저는, 물론 강약의 차이는 있지만 국가 차원의 전략 병기다.

그리고 레번은 무려 천하의 스트라우스 가문.

비록 에밀의 그림자에 가려져 있지만 그렇다고 그가 무능할 것이라 여기는 이는 아무도 없다.

미래에 무왕이 될 정도는 아니라는 것이지, 오러 유저쯤은 당연히 될 거라 기대하는 인재인 것이다.

"에트리얼 왕국 입장에서는 유능한 기대 전력을 유스틸 왕국이 털도 안 뽑고 집어삼키는 것처럼 보일걸요."

그녀의 말에 카르나크도 난감해했다.

"그런가? 하지만 그렇다고 죽일 수도 없잖아."

기겁하며 레번이 되물었다.

"잠깐? 따라다니지 못하면 저 죽는 겁니까? 선택지가 그거밖에 없어요?"

"그러니까 죽일 수도 없다고 했잖아. 안 죽인다는데 왜 난리야?"

빙그레 웃으며, 세라티가 억울해하는 카르나크의 어깨를 톡톡 쳤다.

"자, 카르나크 님."

"응? 왜?"

"그런 식의 표현은 기각."

"이것도 안 되나?"

"네."

『사람답게 살려 할 때 피해야 할 발언 목록』에 또 한 줄이 추가된다.

잠깐 반성의 시간을 가진 뒤 카르나크가 진지하게 물었다.

"그럼 어쩌라는 거야?"

"물어보면 되죠."

사실 진짜 눈치를 보아야 할 곳은 에트리얼 왕국 쪽이 아니다.

에트리얼 왕실보다 스트라우스 가문의 위세가 훨씬 크다는 건 모두가 아는 사실.

레번을 돌아보며 그녀가 말했다.

"일단 가문에 연락해 상황을 알리세요. 그리고 아버님이 노발대발하시면 그때 기사 수행 같은 핑계를 대고 따라다니면 되니까요."

명색이 스트라우스 가문의 혈통이다.

처음부터 기사 수행이랍시고 카르나크 같은 무명소졸을 따라다니는 건 역시 수상해 보인다.

하지만 갤러드를 분노케 한 뒤라면?

고압적인 아버지에게 반항하는 철없는 아들이 되는 것이다.

매우 흔한 일이다.

"이건 딱히 수상할 것이 없지요."

꽤나 그럴듯한 의견이었다. 카르나크도 감탄했다.

"이야, 역시 세라티야. 거짓말 진짜 많이 늘었네?"

"……."

급격하게 우울해진 세라티를 뒤로하고 레번은 일단 가문에 전령을 보냈다.

그리고 며칠 뒤 갤러드의 답변을 받았다.

-마음대로 하거라.

에트리얼 킹스 오더 입단할 때와 토씨 하나 다르지 않은 답변이었다.

카르나크와 바로스가 혀를 찼다.

"와, 너무하네, 진짜."

"아들이 뭘 하건 전혀 관심 없는 건가?"

저 두 놈 입에서 이 정도 말이 나온다는 건 정말 대단한 일이다.

"말씀드렸잖습니까? 아버지가 바라보는 건 그저 에밀 형님뿐이라고."

쓴웃음을 지으며 레번이 자조 어린 푸념을 흘렸다.

"그래도 그렇지, 둘째 아들이 듣도 보도 못한 시골 귀족가 기사가 된다는데 이런 반응이라니……"

듣고 있던 세라티가 문득 발끈했다.

"잠깐! 우리 가문을 너무 무시하는 거 아니에요?"

어쨌든 그녀도 제스트라드 남작가의 기사인 것이다.

반면 토종(?) 제스트라드 출신들은 무덤덤.

"솔직히 스트라우스랑 비교하면 무시당해도 싸긴 하죠."

"그럼. 어딜 제스트라드 따위가 스트라우스랑 비비냐?"

신기해하며 세라티가 둘을 바라보았다.

"……의외로 이런 쪽 자존심은 없으시네요?"

결국 레번 스트라우스도 정식으로 제스트라드 가문의 기사가 되었다.

⁂

에트리얼 왕국에서의 볼일은 전부 끝났다. 카르나크 일행은 구출한 에디아와 함께 유스틸 왕국으로 귀환했다.

수도 드룬타로 돌아온 그녀는 수완을 발휘해 알타스 상회를 다시 장악했다.

일을 벌였던 원흉인 테카스 상회 드룬타 지부는 아무런 방해도 하지 못했다.

내내 여신교에 온갖 조사를 받고 있었던 것이다.

오히려 에디아가 그 틈에 테카스의 영역까지 넘볼 수 있을 정도였다.

"그래서 드리는 말씀인데요, 자금 좀 더 투자하시죠, 카르나크 남작님!"

"야! 충성을 바친다더니 돈을 더 뜯어 가나?"

"돈 벌 절호의 기회라니까요? 이 찬스를 놓치면 안 돼요!"

그 모습을 보며 세라티는 새삼 깨달았다.

'아, 충성과 불만이 별개의 영역이라는 게 이런 거구나?'

조금 투덜대긴 했지만 카르나크는 순순히 투자금을 추가로 넘겨주었다.

현혹술의 부작용 때문에 에디아는 진심으로 그에게 충성을 다하고 있었다. 이게 다 카르나크 잘되자고 하는 짓인 것이다.

게다가 그녀의 상재라면 금방 투자한 금액 이상의 돈을 벌어다 줄 수 있을 터.

무엇보다 여신교가 한편인 점이 컸다.

실제로 테카스 상회 드룬타 지부를 본 다른 상단들의 반응은 이랬다.

－카르나크란 놈이 있는데, 그놈이 투자한 상회를 테카스 드룬타 지부가 찝쩍대더니 바로 몰락의 길을 걷더라?

　－뭔가 느낌이 찜찜하니 건드리지 말자.

　역시 상인의 예리한 촉은 무시할 수 없었다.

　덕분에 대부분의 일이 잘 풀렸다.

　그러는 동안 다른 일행은 오랜만에 집으로 돌아와 휴식을 취하며 피로를 풀었다.

　밀리아는 자기 집 갔고, 라피셀은 블루 나이트로 각성한 세라티 밑에서 행복하게 검술 수행을 계속했다.

　레번도 간략히 넘어갔던 자세한 미래 이야기를 마저 들을 수 있었다.

　"제 몸을 차지하려 했던 것이 미래의 저 자신이고, 무왕의 자리까지 올라간다라……."

　카르나크의 설명에 레번이 혀를 내둘렀다.

　"제 입장에선 에밀 형님이 죽는다는 쪽이 더 놀랍습니다만."

　솔직히 저걸 자신의 미래로 인식할 수가 없다.

　그냥 다른 세계, 다른 사람의 이야기로밖에 안 보인다.

　"에밀 형님은 참 여기저기서 돌아가시는군요."

　뎀피스의 미래에선 테스라낙에게 죽고, 이쪽 미래에선 카르나크에게 죽고.

　그러다 문득 의문이 생겨 질문했다.

"그럼 미래로 돌아간 무왕의 영혼은 어떻게 되는 겁니까? 또 돌아오거나 할 순 없습니까?"

그런데 카르나크의 대답이 예상외였다.

"누가 미래로 돌아가?"

"누구냐니, 무왕의 유령 말입니다만."

"아닌데. 걔 여전히 현 시간대에 있을걸."

뎀피스가 행한 강림 의식은 어디까지나 영혼을 과거의 한 시점으로 '인도'하는 것이었다.

영혼을 미래에서 과거로 보내는 행위 자체는 허공간에 존재하는 테스라낙의 권능에서 비롯된다.

"그러니, 의식이 실패했다고 영혼이 미래로 돌아갈 이유는 없지."

그래서 뎀피스도 의식 실패를 대수롭잖게 여긴 것이다.

여전히 미래 레번의 영혼은 현세에 머물러 있으니, 좋은 날을 잡아 다시 자리를 마련하면 그만이니까.

이 말을 듣고 놀란 건 레번만이 아니었다.

바로스야 그럴 줄 알았다는 반응이었지만 세라티는 기겁했다.

"이런 중요한 이야기는 제발 미리 좀 말해 주세요!"

"너희야말로 제대로 좀 물어봐. 남들이 뭘 모르는지를 내가 모르는데 어떻게 일일이 다 설명을 하냐?"

카르나크도 최대한 열심히 알려 주려고 노력은 하지만 그래도 어쩔 수 없이 빼먹는 게 생긴다.

"그럼 저쪽 레번의 영혼은 어떻게 된 건가요?"

"이쪽 레번의 몸에 들어올 수 없게 되었으니 원래대로라면 망령처럼 이 세계를 떠돌고 있겠지."

문득 레번이 인상을 구겼다.

"이쪽 레번이니 저쪽 레번이니, 호칭이 좀……."

"어쩌겠어? 내 입장에선 둘 다 진짜 레번인데."

어쨌든 검은 신의 교단이 '저쪽 레번의 영혼'을 그렇게 놔둘 리는 없다.

이는 뎀피스도 동의한 내용이었다.

"본인의 육체가 최고지만, 당장 방법이 없다면 차선책을 찾겠지."

아마도 다른 숙주를 노릴 것이란 게 카르나크의 추측이었다.

"로이드 왕자와 알포드 왕자 사건 기억하지, 세라티?"

"네."

"그때와 같은 상황이 일어날 거야."

빙의는 육체끼리의 성향이 비슷할수록 수월해진다.

비슷한 신체, 비슷한 나이, 같은 성별 등등.

그래서 보통은 혈통이 가까울수록 육체의 성향도 비슷해지기 마련이다.

하지만 무조건 혈통이 가까울수록 조건을 만족시키는 것만도 아니었다.

세간의 기준으로는 이복형제인 로이드와 알포드보다는, 오히려 친아버지인 위스콧 1세가 더욱 가까운 혈통이겠지.

하지만 '비슷한 상황'이라는 조건만 놓고 보면 형제가 더 가깝다.

아버지의 형질이 100이라면 아들이 이어받은 부분은 50.

설령 어머니가 다르다 해도 형제끼리가 더 비슷한 상황인 것이다. 둘 다 50이니까.

나이가 든 아버지에 비해 둘 다 젊은 몸이기도 하다.

"하물며 어머니도 같은 친형제라면 고민할 이유도 없겠지."

"그렇다는 건……."

카르나크의 설명에 레번의 안색이 딱딱하게 굳었다.

"놈들이 에밀 형님을 노릴 수도 있다는 겁니까?"

※

아직 겨울의 추위가 채 가시지 않은 황량한 숲속의 한 공터.

공터 한가운데 한 사내가 서 있었다.

초록빛 눈동자에 진한 갈색 머리칼, 단아한 인상을 지닌 20대의 청년 검사였다.

청년이 검을 서서히 들어 올린다.

전신의 기세가 칼처럼 날카롭게 벼리어지며 주위의 모든

것을 벨 듯이 퍼져 간다.

우우웅!

굉음과 함께 검날이 보라색으로 찬란히 빛났다.

"놀랍구나, 에밀."

청년과 흡사한 녹색 눈동자를 지닌 50대 사내가 그를 보며
만족스러운 표정을 지었다.

"네 나이에 벌써 퍼플 나이트라니. 이 애비도 그 나이에
그 경지엔 오르지 못했거늘."

위명이 자자한 델피아드의 무왕이자 스트라우스 가문의
가주, 갤러드를 돌아보며 에밀은 고개를 저었다.

"아직 모자랍니다."

겸양이 아니라 진심으로 부족함을 느끼는 표정이었다.

"갈 길이 너무 멀어요."

"허허허……."

갤러드는 너털웃음을 터트렸다.

볼수록 흡족한 아들이었다.

고작 23살의 나이에 자색급의 경지에 오른 것도 놀랍거늘,
큰 힘을 얻고도 그에 취하지 않고 더욱 높은 곳을 바라본다.

저런 젊은 나이엔 지니기 힘든 마음가짐이 아닌가?

'혹여 오만해지기라도 하면 바로잡아 주려 했는데, 전혀
그럴 필요가 없겠구나.'

남은 건 자신이 얻은 것을 스스로 정리하는 것뿐.

"되새겨야 할 것이 많겠지. 혼자 있게 해 주마."

갤러드가 공터를 떠났다. 그리고 한참의 시간이 지났다.

홀로 남은 에밀이 문득 미소를 지었다.

"슬슬 숲을 벗어나셨나?"

그리고 한차례 더 검을 떨쳤다.

부우웅!

격한 기세와 함께 자색의 오러가 변했다.

눈부신 은빛 투기가 칼날을 감싸며 찬란히 빛났다.

"집중하면 여기까진 가능한가? 하지만 은검기 이상은 무리로군."

역시 이 육체에 쌓인 오러로는 이 정도가 한계다.

"에밀에게는 미안하게 되었지만……."

투기를 거둔 뒤 그는 도로 검을 허리에 찼다.

"넌 원래 테스라낙 님께 죽었어야 할 운명이었다."

초록색 눈동자가 숲 너머의 하늘로 향했다.

"이제 와서 내게 몸을 빼앗겼다 해도 달라지는 건 없으리."

✳

며칠 뒤 레번이 카르나크에게 말했다.

"본가에서 연락이 왔습니다."

"응? 무슨 연락?"

"에밀 형님이 걱정돼서 안부 묻는 척 본가에 편지를 보냈었거든요."

답장을 들어 보이며 심각한 표정을 짓는다.

"일단 에밀 형님은 잘 있답니다. 심지어 자색급으로 경지가 올랐다더군요."

세라티의 안색이 굳었다.

"설마 진짜로?"

우연이라기엔 시기가 너무 딱 맞아떨어지는 것이다.

미래의 무왕이 에밀의 육체를 빼앗았다면 단숨에 오러의 경지가 오르는 것도 전혀 이상하지 않다.

그런데 카르나크와 바로스의 반응이 살짝 애매했다.

"글쎄. 그것만으로 육체 빼앗겼다고 하긴 좀……."

"걔 원래 이맘때쯤에 자색급 됐었어요."

놀란 세라티가 반문했다.

"23살밖에 안 됐는데요?"

그럼 25살에 청색급으로 각성하고 좋아라 한 자신은 뭐가 된단 말인가?

"말했잖아, 걔는 진짜 천재라고."

"저 레번 경이 무시당할 정도죠. 재능만 놓고 보면 라피셀도 못 따라갔을걸요."

동시에 카르나크 또한 새삼 다시 보게 되었다.

그렇다면 전생의 그는 이미 20대 초반에 퍼플 나이트를 해치울 정도로 강력한 사령술사였단 말인가?

"당시엔 작정하고 사령술만 연마하던 시절이었으니까. 그러고도 엄청 고생했다고."

"간신히 이기긴 했지만 도련님도 아슬아슬했었죠."

"진짜 죽을 뻔했지."

"저쪽 세계에선 정말로 죽었다잖아요?"

"그거 나 아니라니까 그러네."

어쨌든, 에밀은 무왕 중에서도 최강이 되었을지 모르는 인재였다.

재수 없게 도중에 카르나크를 만나서 그렇지.

어차피 자색급 될 만해서 된 놈이라 그것만으로 미래 레번이 들어앉았는지 어떤지 확신할 수는 없는 것이다.

"두고 봐야지. 그럼 확인이 될 테니."

"어떻게요?"

세라티의 질문에 카르나크가 어깨를 으쓱였다.

"로이드와 알포드 왕자 건을 보면 알잖아."

타인의 육체를 차지하는 빙의는 절대 오래가지 못한다.

이복형제이던 그들조차 버틸 수 있는 기간은 고작 석 달 정도였다.

에밀과 레번은 부모가 모두 같으니 그보다는 유효기간이 더 길겠지만……

"그래 봤자 반년 정도야. 정말 빙의한 것이라면 그 전에 분명 레번의 몸을 다시 노리겠지."

"몸을 노린다니 표현이 어째, 쩝……."

레번의 표정이 구겨졌다.

그의 입장에선 절대 기분 좋은 소리가 아니다.

"그러니 그 전에 대비를 해 둬야지."

피식 웃은 뒤 카르나크가 말을 이었다.

"일단 레번의 거취부터 확실하게 잡아 놓자고."

제스트라드 남작가의 기사가 된 덕에 레번은 무난히 카르나크 휘하로 들어왔다.

하지만 내내 자연스럽게 카르나크를 따라다니려면 역시 같은 직장에서 근무하는 게 최고다.

"원래 옆 나라 킹스 오더였잖아. 경력직이니 쉽게 통과되지 않을까?"

수도 드룬타의 유스틸 킹스 오더 본부.

"레번? 레번 스트라우스?"

자신의 집무실에서, 에란텔은 멍한 얼굴로 눈앞의 청년을 바라보고 있었다.

"정말 그 스트라우스란 말인가?"

"예. 이번에 제스트라드 남작가의 기사가 되었습니다."

이에 대한 에란텔의 반응은 매우 간결했다.

"……왜?"

참으로 많은 의미가 함축되어 있는 한 글자라 하겠다.

옆에 서 있던 카르나크가 입술을 삐죽였다.

"제 가문이 뭐가 어때서 그러십니까?"

"아, 아니, 그런 의도로 한 말은 아닐세."

'아니긴 뭐가 아냐? 딱 그런 의도구만.'

하긴, 에란텔의 반응도 이해는 간다.

제스트라드와 스트라우스의 명성을 비교하면 그야말로 도마뱀과 드래곤만큼 차이가 날 테니까.

'대체 왜 스트라우스의 후예가 제스트라드 남작가 같은 시골 귀족 밑에…….'

여기까지 생각하다 말고 문득 에란텔은 고개를 갸웃거렸다.

'가만. 더 이상 그냥 시골 귀족도 아닌가, 이제?'

무려 7서클의 마법사가 가주에, 오러 유저도 둘이나 두었으며, 심지어 1명은 청색급이기까지 하고, 영지 내에 구리 광산을 지녀 돈도 많다. 거기에 로이드 왕자의 비호도 있고, 킹스 오더로 활동하고 있어 명성 또한 크게 올랐다.

명문가라 할 정도는 아니어도 더 이상 시골 귀족은 아닌 것이다.

레번도 차분히 미리 설정해 둔 '썰'을 풀었다.

말레피쿠스 던전에서 사교도를 상대하며 카르나크에게 많

은 도움을 받았고, 결과적으로 그를 주군으로 섬기게 되어 유스틸 왕국으로 넘어와 충성 서약을 행했다고.

거짓말은 아니었다, 거짓말은.

"그렇군. 그래서 주군을 따라 킹스 오더에 지원하게 되었단 말이지?"

자격도 충분하고 가문도 충분하고 뭐, 안 충분한 게 없었다. 심지어 바로 써먹을 수 있는 경력직이기까지 했다.

당연히 합격.

악수를 청하며 습관적으로 환영 인사를 하려던 에란텔이 잠시 머뭇거렸다.

관례에 따라 킹스 오더에 온 걸 환영한다고 하자니, 레번은 원래 에트리얼 킹스 오더였다. 이건 좀 이상하다.

그렇다고 유스틸 왕국에 온 걸 환영한다고 하자니, 에트리얼 왕국 잘 배신했다고 하는 느낌이고.

결국 어중간하게 웃는 에란텔이었다.

"아, 앞으로 잘 지내보세."

＊

뎀피스 덕분에 테스라낙에 대한 정보를 얻었다. 레번의 거취도 확실히 정리했다.

일행을 모아 놓고 카르나크가 말했다.

"자, 이제 테스라낙인가 뭔가 하는 놈의 계획을 막겠다!"

바로스도 옆에서 거들었다.

"그럼요! 미래에서 온 놈들이 이 시대를 좌지우지하게 놔둘 수 없지요!"

세라티가 눈을 흘겼다.

"저기요, 여러분도 미래에서 왔거든요."

물론 두 사람은 눈도 깜빡하지 않았다.

"그러니까!"

"우리까지만 허용하는 거죠!"

"아무렴! 그 이상은 안 돼!"

어이없어하며 레번이 뇌까렸다.

"참 뻔뻔하시네요."

반면 세라티는 그러려니 하는 얼굴.

"원래 저런 인간들이라니까요."

혀를 차며 그녀가 물었다.

"그래서, 이제 어떻게 하실 건데요?"

뎀피스의 정보 덕분에 종말의 어둠이 뿌려지지 못하게 하는 건 불가능하다는 걸 알게 되었다.

이는 우연히 생긴 현상이 아니라 테스라낙이란 존재가 의도적으로 직접 손을 쓰고 있는 것이다.

이쪽에서 아무리 문을 닫아 봐야 새로 구멍 뚫어 버리면 그만이다.

하지만 다른 방법이 있었다.

"검은 신의 교단이 이 세계의 제1 신앙이 되면 그놈이 내려앉는다면서?"

즉, 사교도의 득세를 막으면 된다.

"……그건 지금도 열심히 하고 있는 거 아니었어요?"

"이제까진 그냥 사교도 잡아서 정보 캐내려고 한 거고."

확실한 목표가 생겼으니, 그에 맞춰 확실한 방법을 쓸 수 있다는 것이다.

불안해하며 세라티가 물었다.

"그게 뭔데요? 설마 예전처럼 사시는 건 아니겠죠?"

"예전처럼?"

잠깐 카르나크가 생각에 잠겼다.

그러더니 긴가민가하며 대꾸한다.

"음, 아니야. 예전에는 이런 적 없어. 일단은 그래."

어째 말하는 뉘앙스가 영 불길하다.

더더욱 불안해하며 세라티가 재차 물었다.

"……대체 뭔 짓을 하시려고요?"

날이 저물어 가는 늦겨울의 어촌.

해안이 내려다보이는 언덕 위의 화려한 건물 곳곳에서 불길이 솟구치고 있었다. 바다의 여신 아티마를 섬기는 신전이었다.

"이 썩어 빠진 신관 놈들!"

"테스라낙 님의 심판을 받아라!"

쇠스랑과 농기구를 든 폭도들이 신관들과 신전 병사들을 마음껏 학살한다. 다들 거리낌 따윈 전혀 없는 모습이다.

이 신전은 오랫동안 고리대금과 높은 세금으로 마을 주민들을 괴롭혀 왔다.

분노가 쌓일 대로 쌓인 이들이 검은 신의 교단에 의탁하는 것은 실로 자연스러운 흐름이었던 것이다.

물론 신전 측도 얌전히 당하지만은 않았다. 창칼을 들고 호통을 치며 맞섰다.

"이 불경한 사교도들이!"

"어디 감히 더러운 발을 디디느냐!"

아무 소용 없었지만.

폭도들을 이끄는 이들은 검은 신의 교단이 보낸 강력한 사령술사들이었다.

저들이 다루는 강력한 악령과 언데드의 힘 앞에 이런 시골 신전의 무력 따윈 무의미했다.

"모두 죽여라!"

"테스라낙이시여, 우리에게 축복을 내리소서!"

메아리치던 비명도 흐느끼던 신음도 점차 작아지고, 대부분의 신관들과 병사들이 죽음을 맞이했다.

그러던 중이었다. 사그라지는 불길 너머로 느닷없이 정체불명의 사내들 한 무리가 나타났다.

그들을 본 검은 신의 사령술사들이 의아해했다.

"어?"

그럼에도 딱히 경계하진 않았다.

저들 역시 똑같이 어둠의 기운을 전신에서 풍기고 있었다. 같은 사령술사들인 것이다.

"다른 지부인가?"

"어느 곳에서 오셨소?"

순간, 칠흑의 불꽃이 날아들어 검은 신의 사령술사들을 덮쳐 갔다.

"킥!"

"크억!"

"으아아악!"

갑작스러운 기습에 사령술사들은 속수무책으로 쓰러져 갔다. 하나 기습이 아니었어도 이들의 운명은 크게 다르지 않았을 것이다.

새로 나타난 이들은 검은 신의 사령술사보다 훨씬 강력한 어둠의 권능을 지니고 있었다.

고통스러운 와중에도 사령술사들이 고함을 지른다.

"누, 누구냐!"

"왜 우리를······!"

차가운 대꾸가 돌아왔다.

"우리는 진정한 죽음의 주인을 섬기는 이들……."

음산하고 섬뜩한, 지옥에서 울려 퍼지는 듯한 목소리였다.

"거짓된 가르침을 지우고 진리를 알리기 위해 왔노라……."

＊

리파울 왕국 중부에 위치한 관문 도시 타르핀.

이 혼란스러운 도시의 음침한 뒷골목에 은밀한 지하실로 향하는 통로가 숨겨져 있었다.

검은 신의 교단 타르핀 지부가 죽음의 신 테스라낙에게 미사를 올리는 비밀스러운 공간이었다.

그곳에서 지금, 지부장 바스턴이 피투성이가 되어 가쁜 숨을 내쉰다.

"어째서…… 어째서 자네들이 이런……."

이미 교인들 대부분이 비참한 죽임을 당했다.

갑작스레 미사를 습격한 저 한 무리의 폭도들 때문이었다.

무장한 이들을 노려보며 바스턴은 고함을 터트렸다.

"이게 무슨 짓인가, 브라할!"

도저히 상황을 이해할 수 없었다.

저 폭도들은 바로 얼마 전까지만 해도 함께 테스라낙을 섬기던 타르핀 지부의 교우들이었던 것이다.

"테스라낙 님을 저버리다니! 지옥의 유황불이 두렵지 않단 말이냐?"

한 중년 사내가 폭도들 앞으로 나섰다.

"내 어리석음을 깨달았기 때문이다."

사내, 브라할이 팔짱을 낀 채 음침한 목소리를 흘린다.

"우리의 믿음은 헛되었다. 테스라낙은 진정한 신이 아니다."

동시에 그의 신체 일부분이 부풀어 오르기 시작했다.

피부가 검은색으로 변하고 근육이 튀어나온다. 두 눈은 붉게 번들거리고 두꺼운 껍질이 표면을 덮어 간다.

괴물이 된 상대를 노려보며 바스턴이 질린 목소리를 흘렸다.

"……누구냐? 누가 네놈에게 그런 힘을?"

브라할이 커다란 오른손을 들었다.

"진정한 죽음의 주인께서 내려 주신 권능이다."

다섯 손가락이 흐느적거리며 긴 촉수들로 변한다.

"황혼과 혼돈의 여신, 세라칼 님의 이름으로……."

이내 날카로운 촉수가 허공을 갈랐다.

"죄인들을 벌하겠노라."

라케아니아 제국 수도, 테아 크라한의 백색 마탑.

갈색 피부의 미녀가 집무실에 쌓인 서류를 읽고 있었다.

이곳의 주인인 제국 황실 마법사, 엘레자르였다.

평소처럼 응접실에서 빈둥대던 느긋한 모습이 아니었다.

우아한 드레스가 아니라 간편한 일상복 차림, 곱게 단장했던 풍성한 금발도 대충 끈으로 질끈 묶었을 뿐이다.

"역시 휴델이 참 유능했는데."

입술을 삐죽이며 그녀는 관자놀이를 짚었다.

"그나저나 이게 대체 무슨 일이지?"

휴델을 잃은 여파는 꽤나 컸다.

뭔가 눈치를 챘는지 파사의 여단에서 시종일관 그녀 주위를 맴돌고 있는 것이다.

물론 그 정도로 감히 대마법사이자 제국 황실 마법사인 엘레자르를 어찌할 순 없다.

이쪽도 대강 눈치는 채고 있으니 나름대로 대응하고 있었다.

귀찮아지기는 했어도 큰일이라 할 정도까진 아니었다.

하지만 그 탓에 7왕국 연합 쪽을 등한시했던 것은 사실이었다. 어차피 그쪽은 제덱스 관할이기도 했고.

그런데 올라오는 보고서를 보니 돌아가는 상황이 영 심상치가 않다.

'벌써 4개 지부를 잃었어?'

7왕국 연합 곳곳에 뿌려 놓은 비밀스러운 교단의 지부들이 순차적으로 습격당하고 있었다.

그리고 이는 7여신교나 각국의 킹스 오더 같은 기존 세력들이 한 짓이 아니었다.

스스로를 '황혼의 교단'이라 칭하는 새로운 세력이 검은 신의 교단을 공격하고 있는 것이다!

─테스라낙은 진정한 죽음의 신이 아니다.
─진정한 죽음의 주인은 따로 있으며 검은 신의 교도들은 그릇된 가르침에 속고 있다.

이것이 저들의 주장이었다.

그런 황혼의 교단이 섬기는 존재는 바로…….

"황혼과 혼돈의 여신, 세라칼?"

엘레자르가 어이없어하며 뇌까렸다.

"아니, 어떻게 이런 여신이 존재할 수 있냐고!"

여신교의 교리에 따르면, 황혼은 그냥 낮이 밤이 되는 과정일 뿐이고 혼돈도 빛과 어둠이 대충 섞인 상태일 뿐이다.

그 자체로는 실존하는 개념이 될 수 없다.

"……라지만, 저 교리대로라면 어둠과 죽음의 신도 존재할 수 없긴 하지."

쓴웃음을 지으며 그녀는 고민에 잠겼다.

어디서 듣도 보도 못한 놈들이 나타나 대업을 방해하는데,

의외로 무시할 수 없는 수준이다.

황혼의 교단 대부분은 원래 검은 신의 교도들이었다가 전향한 이들이었다.

황혼의 교단의 수법 자체가, 검은 신의 교리의 허점을 노려 가려운 부분만 시원하게 긁어 주고 자신들이 진짜라고 외치는 식인 것이다.

전체적인 가르침을 보면 의외로 크게 다르지 않다.

"이거, 아무리 봐도 우리 교단을 작정하고 노린 거지?"

물론 이것만으로 황혼의 교단이 저렇게 단기간에 급속도로 커질 리는 없었다.

뭔가 더 있다고 봐야 했다.

"요점은 그게 무엇이냐는 건데……."

원래 이런 걸 맡아 하던 이가 휴델이었는데 그를 잃었다.

서류를 대충 내던지며 엘레자르는 서쪽 하늘을 노려보았다.

'저쪽이랑 연락을 해 봐야겠네.'

✳

유스틸 왕국 수도 드룬타의 한 가옥.

"황혼의 교단?"

흑발의 청년을 찾은 붉은 머리의 미녀가 어이없어하는 외침을 토한다.

"이게 대체 뭐예요, 카르나크 님!"

카르나크가 자랑스럽게 반문했다.

"어때, 효과 좋지?"

세라티는 목뒤를 잡았다.

'역시 이 인간 짓이었어!'

말레피쿠스 던전에서 레번을 구해 온 지도 어언 두 달째.

카르나크 일행은 킹스 오더의 임무도 마다한 채 드룬타의 자택에 머무르며 충실한 시간을 보내고 있었다.

사실 임무란 게 입맛대로 거절할 수 있는 물건은 아니다.

하지만 카르나크 일행에겐 좋은 핑계가 있었다.

일단 카르나크.

―델트로스 공과 약속이 있습니다. 두어 달쯤 걸리겠네요.

새로 터득한 대사령술사 전용 마법, 사법의 기만자(circumventer of Necromancy)를 청은의 마탑에 전해 주어야 한다는 이유였다.

선금을 두둑이 당겨 썼으면 응당 계약을 이행해야 하지 않겠는가?

유스틸 궁정 마법사인 델트로스는 킹스 오더 단장인 에란텔보다 나이도, 지위도, 영향력도 훨씬 높은 이였다. 찍소리 못 하고 휴가증에 도장 찍어 주었다.

세라티도 한동안 개인적인 시간이 필요했다.

—운 좋게 청색급의 경지에 올랐습니다. 잠시 저 자신을 되돌아볼 필요가 있을 것 같아요.

에란텔 역시 오러 유저.

막 새로운 경지에 도달한 오러 유저가 스스로의 기술과 능력을 점검하는 것이 차후의 실력을 얼마나 좌지우지하는지 모를 리 없었다.

당연히 승낙.

바로스의 핑계는 이것이었다.

—레번 이 친구, 조금만 굴리면 오러 유저 될 것 같은데 시간 좀 주십쇼.

솔직히 이 핑계는 살짝 허술했다. 굴린다고 아무나 오러 유저가 되는 것도 아니고 말이지.

하지만 대상이 무려 스트라우스였다.

진짜 가능할 것 같은 신뢰감이 팍팍 드는 이름인 것이다.

잘만 하면 유스틸 킹스 오더에 오러 유저가 하나 더 생길지도 모르니 기대감 때문에 허락해 주었다.

이런 이유로, 카르나크 일행은 전원 킹스 오더 업무 따윈 내팽개치고 자기 볼일 보면서 농땡이 피우고 있었다.

　라피셀이야 애초에 세라티의 종자이지 킹스 오더도 뭣도 아니고.

　덕분에 요즘 7대대 분위기는 이렇다.

　ㅡ우리 대장이 카르나크 그 양반이 맞긴 해?

　ㅡ몰라. 난 대장 얼굴 본 지도 오래됐다.

　ㅡ마검 사건 이후론 너무 따로 노시는데?

　ㅡ하지만 능력은 확실하시잖아. 실적도 워낙 크고 말이지.

　ㅡ이번에도 에트리얼 왕국에서 크게 한 건 하셨던데.

　ㅡ슬슬 대대장 관두고 더 큰 물에서 놀아야 하는 것 아닌가?

　어쨌든 세라티는 바로스의 가르침 아래 열심히 청색급의 경지를 다듬고, 라피셀과 레번도 봐주고 하면서 충실한 시간을 보내고 있었다.

　그러던 세라티의 귀에 괴이한 소문이 들려오기 시작했다.

　ㅡ황혼의 교단이라는 새로운 사교도들이 나타났다!

　ㅡ놈들의 기세가 심상치 않다! 검은 신의 교단을 무섭게 잠식하며 세력을 넓히고 있다!

　안 그래도 불안했던지라 바로 카르나크를 찾은 것이었다.

"아니, 대체 언제 이런 일을 하신 거예요?"

"말했잖아? 뎀피스 유능하다고."

"그놈의 해골바가지, 어디 가서 뭐 하나 했더니······."

혀를 차며 세라티는 잠시 흥분을 가라앉혔다. 그리고 차분히 다시 물었다.

"혼돈의 여신 세라칼은 대체 정체가 뭐예요? 실제로 있는 여신이에요?"

"굳이 따지자면······."

애매하다는 어조로 카르나크가 그녀를 가리켰다.

"너라고 해야 하려나?"

"네?"

정말 세라티가 여신이란 소리는 아니고, 그냥 그녀와 카르나크의 이름을 대충 섞어서 만든 가짜란 의미였다.

"실제로 신앙을 모아야 하는 것도 아니고 저쪽 방해만 하면 끝인데 이름을 왜 진지하게 짓겠어?"

참고로 황혼의 교단을 이끄는 정체불명의 교주는 바로나크란 이름이란다.

'아, 뭐랑 뭐 섞였는지 안 물어봐도 알겠다.'

황당해하는 세라티를 향해 카르나크가 빙긋 웃었다.

"눈에는 눈, 이에는 이라는 말이 있잖아?"

그렇다면 사교도에는 사교도.

"뎀피스한테 웰라드 지부 애들 데려다가 가짜 교단 하나 만들라고 시켰지, 뭐."

이마를 짚으며 세라티는 한숨을 쉬었다.

"아무리 그래도 그렇지, 일부러 사교를 퍼뜨리다니……."

세상에는 해도 될 일과 안 될 일이 있지 않은가?

"죄 없는 백성들까지 피해를 보잖아요, 이러면."

카르나크가 손가락을 까닥였다.

"그 정도는 나도 생각했지."

이래 봬도 나름대론 인간답게 살려고 열심히 노력 중인 몸
이다.

"그래서 포교 대상을 일부러 검은 신의 교단 교인들만으로
한정했다!"

일반인은 건드리지 않고 테스라낙 쪽 교인들만 황혼의 교
단으로 내리 빼돌렸다는 것이다.

상대는 이미 광신도들이다. 그들의 믿음이 잘못되었다고
아무리 설득해도 절대 먹히지 않는다.

"그럴 바에는 다른 방향으로 한 번 더 현혹하는 쪽이 훨씬
편하거든."

죄 있는 놈이 또 다른 죄를 짓게 만들 뿐이다. 그러므로 죄
없는 백성이 피해를 보는 건 아니다!

이것이 카르나크의 논리였다.

"게다가 이건 예전처럼 사는 것도 아니라고."

"그래요?"

"그럼!"

확실히 왕년의 그는 사교 같은 걸 만들어 퍼뜨린 적은 없었다.

그럴 필요가 없었으니까.

사령왕에게 있어 충성심이란 그냥 죽였다 부활시키면 저절로 생기는 물건이었다.

닥치는 대로 죽이고 범하고 진격하면 그만인데, 무엇 하러 골치 아프게 교리 만들고 조직 꾸며서 자신을 신으로 섬기라고 하겠는가?

"예전처럼 살지도 않았고, 억울한 사람도 안 만들었고, 죄 없는 백성들도 건드리지 않았지. 이 정도면 잘한 거 아냐?"

참으로 당당한 태도였다.

그래서 세라티는 혼란에 빠졌다.

'그, 그런가?'

카르나크를 상대할 때마다 자주 느끼는 감정이다.

뭔가 아닌 것 같은데, 막상 이유를 들어 보면 또 그럴듯하긴 하고, 그런데 돌이켜 생각해 보면 역시 아닌 것 같은 이 찜찜한 느낌.

'뭐라 해야 할 것 같은데 할 말이 떠오르질 않네……'

일단은 두고 보기로 했다.

어쨌든 검은 신의 교단을 막아야 한다는 것만은 사실이니까.

"그런데 용케 뎀피스 공과 연락을 지속하셨네요?"

멀쩡한 인간도 아니고 외양부터가 해골바가지, 사람들 앞에 함부로 나설 수 없는 처지다.

"설마 아크 리치가 일국의 수도를 드나든 건 아니죠?"

"미쳤냐? 큰일 나게. 당연히 장거리 통신 마법 썼지."

"어머, 그거 7서클 마법사도 쓸 수 있는 거였어요?"

"나야 못 쓰지. 그런데 뎀피스가 9서클이잖아."

이쪽에서 아무 때나 바로 연락할 순 없지만, 시간 정해 놓고 정기 보고 받으며 지시 내리는 것은 가능하다.

"실은 그렇게 자주 연락할 필요까지도 없어. 뎀피스가 워낙 알아서 잘하거든."

황혼교 역시 검은 신의 교단처럼 힘을 내려 준다.

바로 사령술이란 권능.

똑같이 능력을 얻을 수 있으니, 잘만 현혹하면 넘어오게 만들 수 있다.

"하긴, 이렇게 단기간에 이렇게까지 교세를 넓힐 정도니……."

문득 세라티는 의아해했다.

"그래도 두 달은 너무 짧지 않나요?"

뭔가 추가적인 메리트가 있어야 이 정도 결과가 나올 것 같았다.

과연, 카르나크가 자랑스레 엄지를 척 내밀었다.

"마약도 풀었거든."

원래 아편 등을 피워 놓고 잔뜩 이지를 흐리게 만든 상태에서 현혹시키는 것이 전형적인 사교의 방식이다.

하지만 검은 신의 교단은 저런 방식을 쓰지 못했다.

전형적인 사교도들은 신의 이름으로 탐욕을 취하기 위해 사교를 퍼뜨린다. 하지만 검은 신의 교단이 세워진 목적은 바로 테스라낙에 대한 신앙을 끌어모으기 위해서.

그런데 마약으로 교세를 넓히면 저들이 섬기는 신은 테스라낙이 아니라 마약이 되어 버린다.

검은 신의 교단 입장에선 취할 수 없는 태도인 것이다.

반면 황혼의 교단은 그저 검은 신의 교단을 방해하기만 하면 목적 달성.

"부담 없이 마약을 풀 수 있지."

싱글거리며 카르나크가 설명을 이었다.

"일단 한번 중독시키고 나면 끝이야. 테스라낙이고 세라칼이고 알 게 뭐겠어? 약 주는 놈이 신인데, 흐흐흐."

"……."

"응? 세라티? 왜 말이 없어?"

"하아……."

세라티는 한탄을 터트렸다.

깊이, 매우 깊이, 폐부에서 솟구쳐 밀려오는 듯한 한탄을.

"왜? 뭐?"

뭔가 낌새가 이상하다 싶어 카르나크가 변명을 늘어놓았다.

"이거 예전처럼 사는 거 아닌데?"

거짓말은 아니었다. 분명 전생 때의 그는 마약까지 손댄 적은 없었다.

순간 세라티의 양손이 카르나크의 멱살을 움켜쥐었다.

"야, 이 미친 인간아!"

켁켁대며 카르나크가 눈을 동그랗게 떴다.

"어, 안 되는 거야?"

"당연하잖아!"

이글거리는 그녀의 눈빛을 마주하며 카르나크는 속으로 생각했다.

'어, 이건 진짜 안 되나 보다.'

그간의 경험을 통해 그 역시 슬슬 세라티의 반응을 읽어낼 수 있게 되었다.

나쁜 짓인 건 맞지만 상황에 따라 해도 되는, 통상적인 거부감은 존재해도 예외가 존재하는 경우엔 그녀도 애매해한다. 설명도 어설프고.

하지만 확고한 신념을 가지고 설득한다?

이건 따라야 한다.

그리고 정말 정말 해서는 안 되는 짓은?

이 경우엔 설명이고 뭐고 없다. 너무나 당연해, 설명해야 할 필요성조차 못 느끼는 것이다. 대신 이런 반응이 나오지.

"당장 마약 전부 거둬요!"

멱살을 움켜쥔 양손에 과하게 힘이 들어갔나 보다.

카르나크의 전신이 번쩍 들렸다.

무려 청색급 오러 유저인 세라티였다. 맨손으로 바위도 쪼개는데 성인 남자치고 가벼운 카르나크쯤이야?

가냘픈 사령술사의 손발이 허공에 종잇장처럼 나풀거렸다.

"거둘게, 거둘게, 세라티, 켁! 나 목 졸……!"

"아……."

그제야 정신을 차린 세라티가 황급히 손을 뗐다. 그리고 눈치를 보며 중얼거렸다.

"죄, 죄송해요. 제가 잠시 흥분해서……."

그럼에도 여전히 눈빛은 따갑기 그지없다.

목을 매만지며 카르나크는 잠시 고민했다.

'벌을 줘야 하나?'

하지만 애초에 그녀에게 조언을 구한 것은 자신이었다. 그리고 그녀는 명령을 충실히 지켜 합당한 반응을 해 주었다.

일 잘한 부하에게 일 잘했다고 벌하는 것도 좀 이상하지?

"다음 연락 때 뎀피스에게 마약 도로 수거하라고 할게, 끄응."

"네, 그게 옳은 일이에요."

세라티가 카르나크의 목을 살살 풀어 주었다. 덕분에 기분
도 조금씩 풀렸다.

"하여튼 이쪽은 이런 식으로 대응할 것이고……."

물론 검은 신의 교단이 내내 당하고만 있을 리는 없다.

카르나크가 불퉁한 어조로 중얼거렸다.

"저쪽이 어떤 식으로 나올지는 이제 두고 봐야지."

⋙⋘

상하좌우의 구별이 없는 아공간의 어둠 속.

현세에선 대마법사인 엘레자르지만 이곳에선 테스라낙을
섬기는 3인의 성인 중 하나인 파괴의 성녀가 된다.

베일로 얼굴을 가린 채 그녀는 한 발 앞으로 나섰다.

그리고 똑같이 베일로 모습을 가린 사내들을 향해 입을 열
었다.

"다들 상황은 알고 있겠죠?"

테스라낙을 섬기는 죽음의 교황, 제덱스가 고개를 끄덕였
다.

황혼의 교단으로 인해 골머리를 앓는 것은 엘레자르뿐만
이 아니었다.

"물론이오. 단지 대처하기가 까다롭군."

또 다른 베일의 사내가 엘레자르에게 물었다. 어둠의 법

왕, 현세에선 크레타스의 무왕이라 불리는 드렐타인 텔릭스였다.

"휴델의 후임은 아직 준비되지 않았소?"

"준비 중이긴 한데 움직이려면 아직 시간이 필요해요. 어차피 이젠 휴델 정도로는 감당할 수 없는 수준이기도 하고요."

죽음의 교황 제덱스를 도와 7왕국 연합에서 교세를 키우는 임무는 원래 휴델의 것이 아니었다.

9서클의 마스터, 아크 리치 뎀피스의 몫이었지.

하나 뎀피스에겐 미래의 무왕, 레번 스트라우스를 이 시대로 인도하는 막중한 임무가 있다.

그래서 그 일을 처리할 때까지 임시로 휴델이 제덱스의 업무 보조를 하고 있었을 뿐이다.

"뎀피스는 어찌 된 건가요? 아직도 레번 경을 부르지 못했어요?"

엘레자르의 질문에 제덱스가 애매한 어조로 대꾸했다.

"안 그래도 그 이야기를 하려고 했는데……."

흔적 자체가 사라져 버렸다.

뎀피스뿐만 아니라 웰라드 지부가 통째로.

그렇다고 에트리얼 킹스 오더에게 소탕되거나 한 것도 아니다. 그저 어느 순간 말레피쿠스 던전을 떠나 자취를 감추었을 뿐.

"사라졌다고요? 왜요?"

"모르겠소."

알 수 있는 건, 킹스 오더 요원들의 방해로 인해 강림 의식이 실패로 돌아갔다는 것뿐.

"그럼 이 시대의 레번 경은요?"

문득 제덱스가 실소를 흘렸다.

"뜬금없이 유스틸 킹스 오더에 취직했더군."

"에트리얼 킹스 오더가? 왜요?"

"역시나, 모르겠소."

일단 수하들을 움직여 열심히 사실 확인 중이긴 한데 추가 정보는 아직 들어오지 않았다는 게 그의 설명이었다.

드렐타인이 다른 질문을 던졌다.

"그렇다면 레번 경은 아직 이 시대로 회귀하지 못한 건가?"

"그건 아니오."

고개를 저으며 제덱스가 어둠 한쪽을 손가락질했다.

"다행히도 레번 경은 이 시대에 안착했소. 임시이긴 하지만."

어둠 한곳에서 희미한 빛이 뿜어져 나왔다.

빛이 이내 커다란 포탈이 되며 한 사내를 토해 냈다.

그 역시 얼굴을 베일로 가리고 있었지만, 드렐타인은 곧바로 사정을 알아차렸다.

"그렇군. 에밀의 육체인가?"

단순히 동료의 친형이라서 아는 정도가 아니다.

테스라낙이 죽음의 신이 된 직접적인 계기였던, 그의 인간 시절 주인을 죽인 자가 바로 에밀이다.

세상이 바뀐 시발점이나 다름없으니 모를 수가 없는 것이다.

"어서 오세요, 레번 경."

엘레자르의 인사에 정중히 고개를 숙인 뒤 에밀, 정확히는 에밀 속의 레번이 입을 열었다.

"모두들 다시 보니 반갑군요. 비록 얼굴은 베일로 가려져 있지만."

"그렇다고 베일을 벗을 순 없죠. 이 어둠의 베일이 우리를 이 공간으로 모이게 해 주는 테스라낙 님의 권능이니까."

드렐타인에게도 마저 묵례를 건넨 뒤 레번이 세 사람을 둘러보았다.

"오랜만의 재회이니 안부를 묻고 회포를 풀고 싶은 마음이 간절하나……."

순간 그의 목소리가 차갑게 가라앉았다.

"그보다 더 중한 문제가 있으니 묻지 않을 수 없군요."

의아해하는 셋을 향해 레번이 질문을 던졌다.

"카르나크라는 자를 알고 있습니까?"

모르는 이름이었다.

엘레자르와 드렐타인이 고개를 저었다.

"카르나크?"

"그게 누군가?"

"제 강림 의식을 방해한 자입니다."

레번의 답변에도 둘은 그리 놀라지 않았다.

사령술 의식이 무슨 절대적인 것도 아니고, 진행 도중 방해받는 것이야 대단한 일도 아니다.

하나 이어진 이야기에는 경악할 수밖에 없었다.

"이미 육체를 반쯤 장악했던 저를, 도로 육체에서 쫓아내 버리더군요, 그것도 사령술로."

"본인이 본인의 육체로 돌아오는 걸 타인이 막았다고요?"

"인간이 그게 가능할 리가 없지 않나?"

그 정도로 섬세한 사령술은, 죽은 자들의 제국에서도 오직 테스라낙만이 가능했던 신기(神技)였다.

"그렇습니다. 여러분 말이 옳지요."

그런데 그는 해냈다.

별로 어려워하지도 않고.

"그자가 이 시대의 저를 구했습니다. 덕분에 전 이 몸에 들어오게 되었고요."

제덱스가 옆에서 첨언했다.

"이 시대의 레번을 거두어 유스틸 킹스 오더로 데리고 간 것도 그자라네. 이유는 모르겠지만."

드렐타인이 턱을 매만졌다.

"카르나크라…… 그런 엄청난 사령술사가 이 시대에 존재했나?"

엘레자르도 황당해하는 반응.

"전혀 금시초문인데요."

둘을 번갈아 보며 레번이 물었다.

"아무도 모릅니까? 테스라낙께 여쭤볼 수도 없어요?"

엘레자르가 고개를 저었다.

"그분께서 뜻을 내리는 것은 가능해도 우리가 그분께 연락하는 건 불가능해요."

테스라낙이 위치한 저 아득한 허공간, 일명 '성역'은 감히 필멸자가 접근할 수 없다.

그 끔찍한 무한을 실감하는 순간 영혼이 갈기갈기 찢길 테니까.

"지상의 일은 지상에서 해결하는 수밖에."

제텍스가 앞으로 나섰다.

"그자는 내가 확인하겠소. 레번 경은?"

"전 한동안 에밀로 지내겠습니다. 현시대에 적응할 기간이 필요하니까요."

물론 그리 오래 걸리진 않을 것이다.

육체와 영혼의 괴리감은 시간이 길어질수록 커지는 법.

"상황을 보아, 육체를 되찾아야겠지요."

지난 두 달간 카르나크가 신경 써야 했던 일들은 황혼의 교단만이 아니었다.

일단, 이 세계에 용황제 그라테리아가 실존하는지 여부를 확인해야 한다.

그러기 위해선 아득한 옛 전설과 신화를 일일이 확인할 필요가 있다. 그리고 이는 킹스 오더 정보부의 특기가 아니다.

저들은 어디까지나 현시대를 파악하는 데 특화되어 있지 고고학자들이 아니니까.

케케묵은 고대 기록을 뒤질 수 있는 고위 마법사나 성직자가 필요했다.

운 좋게도 카르나크는 양쪽 모두에 든든한 인맥이 있었다.

먼저 유스틸 왕실 마법사 델트로스부터 찾았다.

"용황제? 그게 뭔가?"

"저도 모르겠습니다만……."

이유는 대충 만들어 둘러댔다.

말레피쿠스 던전 탐사 도중 사교도들이 그 이름을 언급하는 걸 들었다. 정체는 모르겠는데 어쩐지 굉장히 중요시하는 분위기더라, 흘려들을 수는 없는 듯하니 꼭 좀 확인해 봐야 할 것 같다 등등.

오랜 기록을 뒤지는 일이니 꽤나 고될 것임에도 불구하고 델트로스는 흔쾌히 승낙했다.

"사교도들이? 음, 알았네."

자기가 하는 거 아니거든. 보나 마나 제자들만 죽어라 고생하겠지.

게다가 마법사는 흥미로운 사건이 생기면 그냥 지나치지 않는 법이고, 용황제라는 존재는 충분히 흥미를 자아낼 만하다.

이후에 알리우스에게도 델트로스 때와 거의 같은 내용으로 서신을 보냈다. 그리고 얼마 후에 비슷한 답장을 받았다.

알겠습니다. 사람을 부려 알아보지요.

남 시키겠다는 것까지 똑같다.

알리우스 역시 직위가 꽤 높아져 본인이 저런 귀찮은 일은 안 하는 것이다.

그렇게 용황제에 관한 문제를 처리한 뒤 이번엔 에디아를 찾았다.

테카스 상회에 대해 조사하기 위해서였다.

"테카스의 뒷조사를 해 보라고요?"

카르나크의 요구에 에디아는 난색을 표했다.

"괜히 문제 생기지 않을까요?"

이제 갓 기지개를 켜는 알타스 상회와 달리 테카스 상회는 유스틸 왕국 최대의 상회이며 타국에 대한 영향력도 상당하다.

함부로 건드리기엔 여러모로 께름칙한 것이다.

"자칫하면 긁어 부스럼 만드는 일이 될지도……."

물론 카르나크도 그 점은 염두에 두었다. 그래서 일부러 에디아를 택한 것이기도 했다.

"상관없다. 어차피 먼저 긁은 건 저쪽이니까."

알타스 상회는 이미 테카스 상회와 한번 척을 졌다.

자신을 공격한 상대의 정보를 탐색하는 건 충분히 자연스러운 반응인 것이다.

물론 자연스럽다 해서 위험하지 않다는 소리는 아니다.

"그러니, 만일을 대비해 이걸 맡기겠다."

카르나크가 품속에서 작은 인장 하나를 꺼내 건넸다.

인장을 본 에디아의 두 눈이 휘둥그레 커졌다.

"맙소사, 이건……."

로이드 왕자에게 받은 황금 인장이었다.

"이걸 함부로 제게 줘도 되는 건가요?"

일국의 왕자가 하사한 물건을 감히 타인에게 넘긴다?

과장을 섞어 해석하면 역모죄로까지도 우길 수 있는 일이었다.

"당연히 소중히 아끼고 간직해야겠지."

카르나크도 전적으로 동의했다.

"하지만 난 킹스 오더, 수시로 왕국 곳곳을 돌아다니며 사교도를 처리해야 할 몸이 아닌가?"

무려 왕자님께서 내려 주신 귀한 물건이다. 어찌 길바닥에 함부로 들고 다니겠는가?

"당연히 가장 신뢰하는 이에게 맡겨, 가장 안전한 곳에 보관해야 진정한 충성 아니겠어?"

그러니 에디아에게 의탁해, 금고 깊숙한 곳에 안전하게 보관하겠다는 말이었다.

그녀는 눈을 껌벅였다.

나쁘게 말하면 인장을 멋대로 대여한 건데, 저렇게 말하니 또 왕자에 대한 충성이 하늘을 찌르는 것 같았다.

"그렇게 말씀하시니 또 아무 문제 없긴 하네요."

인장을 건넨 뒤 카르나크가 마저 지시를 내렸다.

"그럼 차근차근 조사해 봐."

제일 먼저 조사해 보아야 할 곳은 제스트라드 영지의 구리 광산이었다.

가장 자연스럽게 접근해 별 의심 없이 파고들 수 있으리라.

"뭔 일 생길 것 같으면 인장 쓰고. 권력 좋다는 게 뭐겠어?"

"테카스 상회가 먼저 거래를 끊어 버리면 어쩌려고요? 남작님 구리 광산은 전적으로 테카스에 의존하고 있지 않나요?"

"그게 뭐가 문제인데? 알타스 상회는 땅 못 파나?"

"하긴, 하려면 못 할 건 없겠군요."

광산 사업에서 제일 힘든 부분은 초반 개발 단계다.

그러나 제스트라드 구리 광산은 이미 개발 다 끝나고 열심히 채굴 중인 상태.

혹여 테카스 상회가 설비며 인부들 다 철수시킨다 해도 알타스 상회가 빈자리 메우는 건 그리 어려운 일이 아니다.

문득 에디아가 두 눈을 반짝였다.

"차라리 거래를 끊어 버리는 쪽이 더 좋을지도?"

초기 투자비도 없이 알찬 구리 광산 하나를 차지하고 꾸준히 수입을 올린다?

알타스 입장에선 손해 볼 게 전혀 없다!

"아니, 그렇다고 이쪽에서 먼저 끊진 말고."

돈독 오른 그녀를 황급히 말리는 카르나크였다.

하여튼, 이런 식으로 남에게 시켜야 할 일들은 대충 정리가 되었다.

하지만 자신이 직접 나서야 할 일도 분명 존재했다.

"슬슬 봄이 오나?"

날짜를 계산하며 카르나크가 중얼거렸다.

"다시 한번 제국 갈 준비를 해야겠군."

─※─

수도 드룬타의 킹스 오더 본부.

"그러니까……."

오늘도 에란텔은 뚱한 얼굴로 눈앞의 흑발 사내를 노려보고 있었다.

"또 단독 임무를 맡아야겠다, 이건가?"

"예."

고개를 끄덕이며 카르나크가 뭔가를 내밀었다.

"말레피쿠스 던전에서 얻은 기밀 서류입니다."

무려 죽은 자의 인피(人皮)로 만든 문서였다.

"이건……."

에란텔이 눈살을 찌푸렸다.

페이지를 넘길 때마다 사악한 기운이 새어 나와 보기만 해도 불쾌해질 지경이었다.

"틀림없이 사교도의 물건이군."

당연했다. 진품이거든.

'뎀피스가 만든 거니까.'

인피 문서에는 검은 신의 교단과 관련된 중요한 정보가 담겨 있었다.

교단이 엄중히 관리하며 기밀 중의 기밀로 여기는 제국의 한 던전에 대해서.

"보통 일이 아닙니다. 반드시 조사해야 할 것 같아서 말씀 드리는 겁니다."

카르나크의 요구는 정당했다. 대의에 어긋나지도 않았다.

"물론 조사해야 하긴 하는데…….."

그럼에도 에란텔은 떨떠름한 반응이었다.

"꼭 자네들이 가야 하나?"

어이없어하며 카르나크가 되물었다.

"저희가 안 가면 누가 갑니까?"

카르나크 일행이 찾아온 정보였다.

당연히 특별한 문제가 없다면 당사자들이 임무를 맡는 것이 관례다.

"저희보다 더 적임자도 없습니다만?"

"그건 그렇지…….."

여전히 우물쭈물하는 에란텔을 보며 카르나크는 의아해했다.

'이 양반이 오늘따라 왜 이러지?'

과연, 에란텔이 자세를 고치더니 진지한 표정을 지었다.

"이보게, 카르나크 경."

"예."

"이럴 거면 굳이 자네가 킹스 오더 7대대를 맡을 필요가 있나? 벌써 몇 달째 저들과 따로 움직이고 있지 않은가?"

안 그래도 여기저기서 말이 나오고 있었다.

저럴 바엔 차라리 7대대장에서 해임시키고 다른 직위를 내리라고.

"성과가 준수하니 벌하란 소리는 안 나와. 하지만 차라리 별동대처럼 따로 임무를 맡기는 게 낫지 않겠냐는 말들이 있다네."

"킹스 오더 자체가 별동대 개념 아니었습니까?"

"그렇지."

"그런데 별동대에 또 별동대를 만들어요?"

"안 될 것도 없지 않나?"

다만 이 경우에도 문제는 있다.

워낙 멋대로 임무를 골라 움직이는 카르나크였다.

명령 체계를 어지럽힌다며 몇몇 고루한 이들의 반발을 사고 있으니 이 역시 해결해야 한다.

"그래서 하는 말인데, 카르나크 경."

문득 에란텔이 부드럽게 웃었다.

"자네, 킹스 오더 부단장 하게."

"⋯⋯네?"

카르나크는 당황했다.

어차피 킹스 오더의 지위 따위에 별 가치를 두진 않았지만, 그래도 느닷없이 이런 소리를 들을 줄은 몰랐다.

"다른 선임 킹스 오더들은 어쩌고요?"

"그들 모두 자네보다 하위 마법사가 아닌가."

"지켄 경은요?"

"이젠 자네도 똑같이 7서클 됐다며?"

게다가 세라티도 청색급 오러 유저가 되었다.

1대대의 지켄, 트리브와 비교해도 딱히 뒤떨어지지 않는다.

"이건 저 두 사람이 낸 의견이기도 하다네. 지켄 경이 신세를 졌다던데?"

"아, 그거요……."

마검 마레다 사건 때 공을 양보했더니 그걸 아직까지 일종의 빚으로 여기고 있는 모양이었다.

'거참, 이러려고 그런 건 아닌데.'

에란텔이 너털웃음을 터트렸다.

"부단장이라는 자리에 부담 가질 필요는 없다네. 실제로 자네 이상의 적임자도 없거든."

로이드 왕자와 왕실 마법사 델트로스라는 든든한 뒷배도 있고, 당장 본인도 초천재 마법사에(저 나이에 7서클이면 초천재 맞긴 하다.) 그간의 실적 역시 압도적으로 높다.

"자네도 지금처럼 움직이고 싶다면 승낙하는 게 좋을 걸세."

카르나크는 에란텔의 권유를 차분히 되새겨 보았다.

'가만있자, 내가 킹스 오더 부단장이 된다?'

유사시에 킹스 오더 대대의 절반까지 동원할 수 있는 권한이 생긴다지만, 이건 크게 필요하지 않았다.

어차피 평소 여기저기 돌아다니고 있어 모으지도 못할 전력이었다.

하지만 다른 권한은 꽤나 매력적이다.

제국이나 다른 7왕국 연합에서도 유스틸 킹스 오더를 대표해 발언할 수 있게 되는 것이다.

'이건 나쁘지 않은데?'

예전에 라케아니아 제국에 갔을 땐 일개 대대장이었다. 그래서 킹스 오더 명함도 못 내밀고 알리우스의 협력자 지위를 고수해야 했다.

하지만 부단장이 되면 동등한 위치에서 교섭이 가능하리라.

"알겠습니다. 까짓거 부단장 하죠, 뭐."

"출세했는데 반응이 고작 그건가?"

에란텔은 혀를 내둘렀다. 그리고 세라티가 들었다면 거품 물고 항변했을 망언을 내뱉었다.

"자넨 정말 욕심이 없는 성품이군, 카르나크 경."

◆

돌아온 카르나크는 모두를 모아 놓고 알렸다.

"나, 부단장 됐다."

레번과 라피셀은 진심으로 기뻐해 주었다.

"축하드립니다."

"축하해요, 카르나크 님!"

반면 세라티는 털이 곤두선 고양이처럼 한껏 경계부터 했다. 역시 그동안 당한 게 너무 많았다.

[뭐예요? 네? 이번엔 또 뭔 짓을 하시려고?]

그래서 이쪽에서 의도한 게 아니라고 설득하는 데 시간이 좀 걸렸다.

세라티가 안심하자 바로스가 의아해하며 물었다.

"부단장이 되시면 뭘 해야 합니까?"

"독자적으로 움직일 수 있게 되지. 직접 임무를 고를 권리와, 직접 동료를 고를 권리도 생겼고."

"……그게 지금이랑 뭐가 다른데요?"

"월급이 올랐어."

"앗, 그건 좋다."

"여하튼 본론은 이게 아니고."

다시 라케아니아 제국으로 향하게 되었다는 것이다.

인원은 여기 모인 사람들에 추가로 성직자 1명, 위치는 제국 중부 멜러드 지방의 알려지지 않은 은밀한 던전이었다.

"그럼 거기 가서는 뭘 해야 하나요?"

라피셀의 질문에 카르나크가 씩 웃었다.

"해골 훔치기."

총독 보관소

뎀피스를 거둘 때 좋은 사실을 알게 되었다.

테스라낙의 낙인을 지닌 자들은, 계약의 서명만 바꾸면 바로 지배권을 빼앗을 수 있다는 것을.

과거 카르나크는 중요한 직책을 가진 수하들에겐 항상 영혼의 계약을 걸어 낙인을 새겨 놓았다. 그리고 테스라낙은 대체로 카르나크와 행적이 많이 겹친다.

즉, 미래에서 회귀한 이들은 전원 계약의 낙인을 지니고 있을 것이다.

"엘레자르나 드렐타인도 서명만 바꾸면 수하로 삼을 수 있단 소리지. 현시점에서야 절대 무리겠지만."

낙인의 서명이 카르나크의 것이라면 저들과 대면하자마자

바로 지배력을 되찾을 수 있겠지.

하지만 이 경우엔 다르다.

"한 번은 쓰러뜨려야 하거든."

상대를 제압하고, 가슴을 갈라서, 영혼을 드러내고, 그 후에 계약의 서명을 바꿔야 한다.

새롭게 계약을 각인시키는 것에 비하면 훨씬 쉽겠지만, 그래도 먼저 굴복시켜야 한다는 점은 변하지 않는 것이다.

그런데 현 카르나크 일행의 전력으로 과연 누구를 굴복시킬 수 있을까?

엘레자르?

그녀는 대마법사다.

굴복은 고사하고, 몸성히 도망치는 것조차 장담할 수 없을 만큼 격차가 크다.

드렐타인?

새로운 크레타스의 무왕으로 한창 명성을 떨치고 있다.

엘레자르와 동급의 강자이니 붙어 봤자 결과도 같겠지.

그나마 만만한 자가 타락한 태양의 교황, 제덱스였다.

제덱스가 태양의 교황이 되는 건 지금으로부터 거의 15년 후의 이야기다.

현시점에서는 그냥 일개 신관일 테니, 아무리 과거의 기억이 있어도 벌써 교황급의 신성력을 되찾았을 리는 없다.

문제는, 저 인간이 이 당시 어디서 뭘 하고 살았는지는 카르나크도 전혀 모른다는 점이었다.

"제넥스라는 이름 자체가 교황 되면서 받은 것이라 이름으로 추적할 수도 없거든. 바로스, 너도 아는 것 없지?"

"전혀요. 오러 유저들이야 제 관할이었으니 대충이라도 알지만 교황들 쪽 인적 사항은 아예 모르죠."

설명을 듣던 세라티가 어이없어했다.

"아니, 그래도 자기 부하였는데 그 정도도 몰라요?"

멋쩍은 듯 카르나크가 뒷머리를 긁었다.

"내가 원래 타인에게는 관심이 별로 없는 편이라서……."

그는 관심 가진 분야는 무시무시한 기억력을 보여 주지만, 관심이 없으면 눈앞에서 서류 펼치고 흔들어 대도 알아보지 못하는 타입이었다.

"그러니 남은 후보는 미래에서 온 레번 정도인데, 얘도 상대하기가 애매해."

정말 에밀 속에 미래 레번이 들어앉았는지는 아직 확인하지 못했다.

그러나 빙의되었다고 가정해도 함부로 건드릴 순 없었다.

에밀 스트라우스는 자색급, 퍼플 나이트의 경지에 오른 오러 유저다.

이것만으로도 충분히 상대하기 까다로운데, 그 속에 미래의 레번이 존재한다면 한 가지를 더 염두에 두어야 한다.

"그놈도 힘주면 경지 오를 거 아냐?"

바로스가 할 수 있는 일을 저쪽 레번이 못할 리 없다.

즉, 은검기까지 구사할 수 있다고 간주해야 하는 것이다.

"물론 바로스가 세라티 몸에 빙의되고 내가 암흑 투기 부여해 주고 하면 어느 정도 승산은 있겠지. 상황 봐서 템피스가 같이 덤벼도 되고."

하지만 이랬다간 세라티가 미쳐 버린다.

"소중한 권속을 머리에 꽃 달고 돌아다니는 정신병자로 만들 순 없잖아?"

"그건 고마우신 말씀이네요."

그리고, 설령 에밀을 쓰러뜨릴 방법이 있다 해도 건드리지 못하긴 마찬가지였다.

카르나크가 불만스러운 표정을 지었다.

"그놈이 집에서 안 나와."

알아본 바에 따르면 에밀은 여전히 스트라우스 가문에서 두문불출한 채 수행에 매진 중이었다.

"그리고 그 집에는 갤러드가 떡하니 버티고 있지."

현 델피아드의 무왕 앞에서 총애하는 아들에게 칼 겨누고도 무사할 수 있을 것이라 여긴다면, 이는 세상을 지나치게 낙관적으로 보는 처사일 것이다.

결론적으로 미래에서 돌아온 자들 중 당장 손쓸 수 있는 놈은 하나도 없었다.

"하지만 돌아올 놈들 중에선 손쓸 수 있는 상대가 있거든."

모두를 돌아보며 카르나크가 빙그레 웃었다.

"뎀피스 말고 다른 네크로피아의 총독들 말이야."

———※———

라케아니아 제국 수도, 테아 크라한.

이 거대한 도시에서 남쪽으로 조금 내려가면 멜러드 지방
이 나온다.

테아 크라한에서 빠른 걸음으로 하루 정도밖에 걸리지 않
는 가까운 지역이다.

이 멜러드 지방에 이름 없는 던전이 하나 숨겨져 있었다.

워낙 험준한 곳에 위치해 있고 출몰하는 마물들도 강력해,
일반인은 물론이고 어지간한 모험가들조차도 함부로 접근하
지 못하는 마굴이었다.

드나든 이가 없다 보니 던전에 이름조차 붙지 않은 것이
다.

그런데 최근 몇 년 사이 검은 신의 사교도들이 이 던전 근
처에 자리를 잡았다. 그리고 이곳에 괴상한 이름을 붙였다.

바로 '총독 보관소'였다.

이 이름 때문에 파사의 여단은 꽤나 골머리를 앓고 있었
다.

총독이 뭔지는 안다.

보관소가 뭔지도 안다.

하지만 저 두 단어가 왜 붙어 있는지는 도저히 모르겠다.

저 사이한 것들이 대체 무슨 수작을 부리려고 저런 괴상한 명칭을 쓴단 말인가?

그나마 가장 현실적으로 추측한 게 이거였다.

총독이라는 지위는 보통, 제국을 칭할 만큼 거대한 영토를 지녔으면서 중앙집권화가 진행된 곳에밖에 없다. 그리고 현 대륙에 제국은 라케아니아뿐이다.

그런데 그 '총독'을 '보관'한다면?

—저 더러운 사교도 놈들이 총독 각하를 납치, 감금하려 하는구나!

그래서 한때 제국 총독들의 개인 호위를 크게 늘리고 경계를 굳히던 시절도 있었다.

백날 기다려 봐야 아무 움직임이 없어 요새는 많이 시큰둥해진 모양이지만.

"사실 이 명칭의 의미는 간단해."

헛웃음을 흘리며 카르나크가 말을 이었다.

"정말로 총독을 보관하는 곳일 뿐이니까."

역시공 초월체를 만들기 위해 테스라낙은 미래에서 과거로 네크로피아의 네 총독들을 보냈다.

그러나 이대로라면 문제가 있었다.

3인의 선발대야 과거의 자신으로 돌아가면 그만이다.

반면 과거의 네 총독들은 테스라낙이 사령술을 걸기 전엔 아크 리치가 아닌 것이다.

대충 무덤에 굴러다니던 뼈다귀 더미일 뿐이지.

그 상태로 회귀하면 스켈레톤 같은 평범한 언데드로 깨어나게 된다.

거기서 다시 과거의 힘을 되찾으려면 또 상당한 시간을 필요로 한다.

부려 먹어야 할 일이 많은데 어찌 그런 시간 낭비를 할 수 있으랴?

이런 이유로 엘레자르는 일찌감치 뎀피스를 비롯한 4대 총독의 유골을 전부 찾아 거둔 뒤 어둠의 술법을 걸어 놓았다.

아크 리치로 깨어날 토대는 모두 갖춰 놓고 강령술만 걸지 않은 것이다.

사실 할 수만 있으면 그냥 저들을 아크 리치로 일으켜 세우는 것이 제일 좋다.

이 시대의 총독들도 충분히 강력한 언데드이고, 역시공 초월체를 만들 수 있을 테니까.

굳이 미래의 총독들을 불러올 필요도 없다.

하지만 엘레자르의 사령술로 거기까지 하긴 불가능했다.

죽은 지 수십 년이 지난 과거의 마법사 영혼을 찾아 도로 부활시킨다?

이토록 섬세한 사령술을 쓸 수 있는 이는 테스라낙 정도밖에 없었다.

그래서 적절한 곳에 유골을 보관하고 미래의 총독들이 회귀하길 기다렸다.

이를 위해 선정된 장소가 멜러드 지방이었다.

"엘레자르도 대외적인 신분이 있는데, 제도 한복판에 사령술을 펼쳐 놓을 순 없을 것 아냐?"

던전 '총독 보관소'는 여러모로 상황에 적합한 장소였다.

테아 크라한에서 제법 떨어져 있지만 그렇다고 아주 멀지도 않아 급한 일이 터질 경우 곧바로 그녀가 움직일 수 있을 정도의 거리이며, 지세 자체가 또 워낙 험준해 사람들의 발길이 닿지 않는 곳이었으니까.

설명을 들은 세라티며 바로스가 어이없어했다.

"그래서 그걸 그냥 이름으로 갖다 쓴 거예요?"

"걔들도 대충 사는구만요."

"상관없잖아. 어차피 모르는 사람은 절대 모를 텐데."

사정 아는 사람만 알 수 있는 명칭이긴 했다. 기밀 유지에도 별지장이 없었겠지.

"뎀피스도 이번엔 여기서 깨어났다더라. 원래 무덤이었던 바라칸트 산맥이 아니라."

이후 미래의 레번을 강림시키기 위해 대륙 서부, 에트리얼 왕국으로 건너왔다고 한다.

"나머지 세 총독들은 여전히 해골 상태로 거기 안치해 놓은 모양이더라고."

물론 저 유골들을 빼돌린다 해도 당장 뭘 어쩔 수 있는 것은 아니다.

현재의 카르나크에겐 저들을 아크 리치로 일으켜 세울 만큼의 사령력이 없다.

게다가 계약의 낙인은 미래의 영혼에 새겨져 있으니, 과거의 유골에 미리 손을 써 봤자 저들이 귀환 즉시 부하가 되는 것도 아니다.

"하지만 봉인해 놓고 귀환을 기다릴 순 있잖아."

꽁꽁 묶어 놓았다가, 귀환하면 그때 가서 가슴 까고 심장 열어서 계약 확인한 뒤 서명 위조해도 되는 것이다.

"이것이 최선의 상황이고."

최악의 상황이더라도 유골 자체를 박살 냄으로써 총독들의 귀환 자체를 막을 수 있을 것이다.

그 후에 망령이 된 놈들을 천천히 처리하면 된다.

"여러모로 유리한 고지를 선점할 수 있겠지."

⁂

이 모든 제반 사항을 솔직하게 다 알릴 순 없다.

그래서 킹스 오더와 라피셀에겐 이런 식으로만 알렸다.

―멜러드 지방의 한 던전에서 사교도들이 극비로 옛 마법사들의 유골을 모으고 있다는 정보를 입수했다. 척 봐도 심상치 않아 보이니 응당 정체를 파악해 처리해야 하지 않겠는가?

목적지가 정해졌으니 카르나크 일행도 여행 채비를 갖췄다.

부단장이 되었으니 임무에 필요한 인원을 카르나크가 마음대로 정할 수 있다.

당연히 카르나크와 바로스, 세라티와 라피셀, 여기에 레번까지 해서 기존의 일행만으로 팀을 꾸렸다.

다만 한 가지 제약이 존재했다.

킹스 오더의 임무를 표방하는 이상 반드시 심문관 1명은 대동해야 한다. 그것이 규칙이다.

라피셀이 기대 어린 목소리로 물었다.

"앗! 그럼 또 밀리아 언니랑 같이 가나요?"

역시 처음 만난 또래 친구이다 보니 많이 친해진 모양이었다.

"사실은 그러려고 했는데……."

어색하며 세라티가 대답했다.

"다른 사람이 끼워 달라고 난리를 쳐서 말이야."

"다른 사람?"

사흘 뒤 한 청년이 카르나크 일행을 찾았다.

일행 전원이 잘 아는 이였다. 아, 레번 빼고.

"오랜만입니다, 여러분!"

바로스가 어이없어하며 물었다.

"저기, 안 바쁘십니까, 알리우스 씨?"

그간의 공을 인정받아 알리우스는 마침내 하토바 교단의 특급 심문관이 되었다.

그의 나이를 생각하면 실로 엄청난 출세였다.

이대로라면 추기경, 심지어 교황의 자리까지도 넘볼 수 있는 위치인 것이다.

그런 만큼 더더욱 신전에서 고위직의 의무를 행하고 있어야 할 터인데…….

"특급 심문관이 이렇게 함부로 움직여도 되는 거예요?"

세라티의 의문에 알리우스는 당당히 대꾸했다.

"안 되죠."

"그럼 이건?"

"그래서 더더욱 이런 기회가 소중한 것 아니겠습니까?"

특급 심문관쯤 되면 어지간한 일이 아니고서야 함부로 신전을 떠날 수 없다.

반대로 말하면, 어지간한 일에는 움직일 수 있는 것이다!

그리고 카르나크 일행의 임무는 충분히 어지간한 일에 속했다.

흥분한 어조로 알리우스가 호들갑을 떨었다.

"제국을 두 번이나 가 보게 되다니, 저도 참으로 운이 좋군요."

하긴, 아무리 특급 심문관이 되었다 해도 아직 팔팔한 20대 중반의 나이다. 신전에 처박혀서 서류 작업만 하는 것보단 직접 두 발로 뛰는 것이 더 즐겁겠지.

"험난한 여정이 되겠지요. 하지만 강인한 동료분들이 함께하니 그 어떤 고난이라도 하토바를 섬기는 이 마음을 꺾을 순 없을 터!"

세라티와 바로스가 서로를 바라보며 묘한 표정을 지었다.

[어떤 의미에선 대단한 양반이네요.]

[전에 그 꼴을 당하고도 여전히 몸으로 뛰는 게 좋은가?]

저번에 제국 가던 도중에는 마녀(?)에게 붙잡혀 고양이(?)가 주는 밥 먹으며 새장에 대롱대롱 매달려 있지 않았던가?

그러고도 저럴 수 있다니 대단한 정신력인 것 같기도 하고.

뭐, 카르나크는 문제없다는 반응이었다.

"알리우스하고야 워낙 오래 알고 지냈으니까."

의아해하며 세라티가 몰래 물었다.

[오래 알고 지내면 뭐가 좋은 건데요?]

[후유증 없이 바늘 꽂을 자신이 있어!]

[네, 물어본 제가 잘못이네요, 어휴.]

그럼 그렇지 싶어 고개를 젓는 그녀였다.

모든 준비를 갖춘 뒤 카르나크 일행은 라케아니아 제국으로 향했다.

예전과 똑같은 경로였다.

수도 드룬타를 떠나 바라칸트 산맥으로 향한 뒤, 관문 성채인 스윈들러를 지나 제국의 영역으로 들어서는 것이다.

하지만 그때와 다른 점도 있었다.

말을 몰던 바로스가 등 뒤를 돌아보며 혀를 내둘렀다.

"어이구야, 사람 많네요."

카르나크도 실소를 흘렸다.

"그러게 말이다. 어쩌다 보니 일이 커졌네."

무거운 짐을 진 노새와 수레를 포함해 대략 50여 명 정도의 무리가 함께 움직이고 있었다.

알타스 상회의 상단들이었다.

원래부터 알타스 상회에는 바라칸트 산맥의 가죽 등을 실어 오는 교역 루트가 있었다. 그런데 카르나크가 제국에 간다는 소리를 듣고 에디아가 머리를 굴린 것이다.

-이참에 교역로를 늘려야겠다!

킹스 오더 부단장이라는 든든한 지원자도 생겼지, 내내 괴롭혀 오던 테카스 상회 드룬타 지부도 두문불출이지, 다른 경쟁자들은 눈치 보느라 함부로 나서지 못하지.

유능한 상인이라면 이 좋은 기회를 놓칠 리가 없었다.

그리고 에디아는 충분히 유능한 상인이었다.

날을 잡아 카르나크를 졸랐다. 제국 갈 때 상단도 좀 데리고 가라고.

—충성을 바친다더니, 돈 뜯어 가고 부려 먹기까지 하는 거야?

—그래서 안 하실 거예요? 돈 벌린다니까요, 돈!

—해야지, 돈인데…….

어차피 가야 할 길이고, 카르나크 입장에선 그냥 숟가락 하나 더 얹히는 수준일 뿐이다.

에디아의 말이 전적으로 옳긴 했다.

"그래도 부려 먹히는 기분이 들어서 좀…….”

"뭐 어때요? 나쁜 일도 아니고.”

말 머리를 가까이 하며 세라티가 어깨를 으쓱였다.

"덕분에 우리도 편하게 움직이고 있잖아요.”

예전에도 여행이 크게 힘들진 않았다. 하지만 상단을 이끌고 가니 훨씬 편해진 것도 사실이었다.

남이 차려 주는 밥 먹고, 남이 펼쳐 주는 천막에서 푹 자고, 남이 뒷정리 다 하면 그제야 느긋하게 움직일 수 있는 것이다!

물론 카르나크가 킹스 오더 대대장이던 시절에도 대대원들을 이끌고 다니긴 했다.

하지만 그땐 입장이 입장인지라 여러모로 신경 써야 할 게 많았다. 대대를 관리해야 했으니까.

반면 지금은 딱히 상단을 관리할 필요까진 없다. 그건 자기들이 알아서 잘한다.

카르나크 일행은 그저 제국까지 함께 움직이기만 하면 된다.

알아서 챙겨 주는 이들과 함께하는 여행이란 이 얼마나 편안하고 안락한가!

알리우스와 레번도 비슷한 반응이었다.

"이렇게 느긋한 여행은 처음인 듯하군요."

"실은 저도 그렇습니다."

라피셀의 경우에는 너무 한가하다 보니 오히려 눈치를 보고 있을 정도.

"저, 이렇게 놀고만 있어도 되나요?"

라피셀을 빼고라도, 다들 의외로 사치를 즐긴 적이 그리 없었다.

알리우스는 고위 성직자이긴 하지만, 직위가 심문관이다

보니 소규모로 떠돌아다니는 경우가 대부분이었다.

레번이야 워낙 가문에서 찬밥 신세라 집 나온 후엔 제대로 대우받은 적이 없다.

세라티는 젊은 오러 유저라서 좋은 대접 많이 받긴 했지만 그래도 사치까진 아니고.

그럼 카르나크와 바로스는?

[우린 이런 적 많아.]

[네, 우린 솔직히 많죠.]

대륙을 지배하던 사령왕과 그 심복이었으니까.

아스트라 슈나프 되기 전에는 산해진미 즐기고 금침에서 잠도 자고 하면서 제법 호사도 누리고 그랬다.

[거기서 멈췄어야 했는데, 어휴.]

[할 수 없죠. 갑자기 용황제란 놈이 날아오를 줄 알았나, 뭐.]

알타스 상단 역시 카르나크의 후광(?) 덕을 톡톡히 보았다.

일단 관문 도시 스윈들러를 통과하는 과정부터가 그랬다.

그 깐깐한 관문 병사들이 맨발로 달려오며 환대를 한다.

"아니! 카르나크 경이 아니십니까!"

"아이고, 알리우스 신관님!"

"그땐 덕분에 살았습니다요!"

관문의 책임자인 드메타스 준남작 역시 일행에 대한 호의

가 넘실거리고 있었다.

"오! 다시 보니 정말 반갑구려, 최대한 편의를 봐드리리다."

하도 궁금해 레번이 세라티에게 묻기도 했다.

"대체 예전에 무슨 일이 있었던 겁니까?"

"마녀로부터 사람들을 구했거든요."

"……마녀? 웬 마녀요?"

"그게, 이야기가 좀 길어요."

원칙대로라면 짐을 일일이 뒤져 보고 신분도 확인하고 하며 깐깐하게 굴었겠지.

하지만 카르나크를 내세우니 당사자조차도 감탄할 정도로 수월하게 관문을 통과할 수 있었다.

'이게 바로 더러운 인맥의 힘이란 거구나.'

바라칸트 산맥에 들어선 후에도 딱히 습격 같은 것은 받지 않았다.

사실 이 정도로 대규모의 인원이 움직일 경우엔 어지간해선 몬스터나 도적도 나타나지 않는다는 것이 상식이었다.

하지만 그것도 다 옛말이다.

마물이나 도적이야 몸을 사리겠지만, 검은 신의 교단은 그렇지 않은 것이다.

숨어 사는 사교도들은 항상 굶주리고 있었고, 굶주린 사람들 대부분은 눈에 뵈는 게 없는 법이다.

－큰 봇짐에는 큰 밥상이 따른다!

이런 식으로 외치며 작정하고 습격하는 경우가 워낙 잦았다.

그래서 예전과 달리 대규모 상단이라도 감히 긴장을 풀 수가 없었다.

그런데 이번엔 이상하게 사교도들의 습격이 없다.

세라티와 레번도 그 사실을 의아해하고 있었다.

"이거 참, 너무 조용하네요."

"그러게 말입니다. 이렇게 얌전할 놈들이 아닌데?"

두 사람이 이유를 알게 된 건 그날 밤이 되어서였다.

산속 공터에 넓게 쳐 놓은 천막 군락.

카르나크는 군락에서 조금 떨어진 어두운 숲속에 서 있었다. 알리우스와 라피셀은 빼고 바로스와 세라티, 레번만 대동한 상태였다.

쉽게 말해서, 카르나크의 흉악한 속사정을 아는 이들만 챙겼다는 소리다.

그럴 이유가 있었다.

눈앞에 서 있는 4명의 사내를 보며 세라티는 어이없어했다.

[그새 황혼의 교단이 여기까지 세력을 펼쳤어요?]

몰래 상황 보고를 하러 온 '황혼의 교단 전령'들이었다.

저들과 접선해야 하는데 알리우스와 라피셀이 알게 되면 큰일 나지.

[어떻게 이렇게 교세를 빨리 넓힌 거예요, 카르나크 님?]

[그야, 그동안은 확실한 미끼 상품이 있었으니까…….]

[매우 사악하고 비인도적이며 흉악한 그 미끼 상품 말이 죠?]

[확실하게 말해 두는데, 더 이상 안 써. 싹 다 거뒀어. 진짜야.]

[그건 잘하셨어요.]

참고로 이젠 비밀 전언 술식에 레번도 끼어 있다.

옆에서 듣던 레번이 고개를 갸웃거렸다.

'미끼 상품이 뭔데 저러지?'

그 와중에도 황혼교의 전령들은 보고를 이어 가고 있었다.

"이 일대의 이단자들은 전부 처리했습니다."

"덕분에 저들을 진정한 여신의 품으로 귀의시킬 수 있었지요."

이것이 그간 알타스 상단이 습격받지 않은 이유였다.

황혼의 교단이 이 동네 검은 신의 교단을 대부분 먹어 버린 것이다.

보고를 마친 전령들이 예를 표한 뒤 어둠 속으로 사라진다.

"그럼 바로나크 교주님!"

"무사히 다녀오십시오!"

"혼돈의 세상이 도래할 때까지!"

"세라칼 님 만세!"

전령들이 떠나자 바로스가 카르나크를 돌아보며 물었다.

"제가 교주였어요?"

"응, 너 교주야."

실제론 템피스가 바로스의 외양을 환영술로 덮어쓴 뒤 교주 노릇 하고 있지만, 어쨌든 모델이 바로스인 건 틀림없다.

"왜 도련님이 아니고?"

"네가 더 인상이 좋잖아."

카르나크 본인도 자신이 썩 사교적인 인상이 아니라는 건 알고 있었다.

거친 금발에 푸근한 인상을 지닌 바로스와 달리, 잘생기긴 했지만 날카롭고 성질 있어 보이는 인상이다.

"사실 안전만 생각하면 아예 우리 정체는 감추는 게 제일 좋긴 한데……."

아무리 비밀 조직이라도 너무 비밀에만 집중하면 제대로 굴러가지 않는다. 어느 정도는 영향력을 발휘해야 할 필요가 있다.

"이것도 결국 사람 상대하는 일이니까 말이지."

이 모든 상황을 지켜보며 레번은 혼란스러워했다.

그 역시 권속이 되었으니 카르나크의 비밀을 공유하게 된 것이다.

'이래도 되나? 정말 괜찮은 건가?'

사교도를 제압하기 위해 다른 사교도를 만들다니, 이게 과연 용납될 수 있는 일인지 의문이 든다.

그런데 또 감히 카르나크에게 반발할 엄두는 나지 않았다.

바로스의 말에 따르면 그게 바로 권속이 되었다는 감각인 모양이었다.

─레번 경이 정의롭지 않아서가 아닙니다. 권속이 되어 영혼이 붙잡혀 있으니까 무의식중에 어느 정도는 접어주고 들어가게 되는 겁니다.

─그럼 세라티 경은요? 그녀는 할 말 다 하는 것 같던데요?

─어, 그게 접어주는 겁니다.

─네?

─그게 할 말 골라 가며 하는 거라고요. 참 성격 한번 대단하다니까요.

바로스와의 대화를 떠올리며 레번은 어깨를 축 늘어뜨렸

다.

'역시 내가 너무 소심한 건가?'

글쎄, 일단 저 생각을 하는 시점에서 소심한 건 맞는 것 같다.

볼일이 끝나자 카르나크 일행은 다시 숲속의 야영지로 돌아갔다.

걸음을 옮기다 말고 문득 세라티가 물었다.

"그런데 카르나크 님."

"왜?"

"어쩐지 전보다 훨씬 적극적으로 움직이시네요. 예전엔 그냥 정보만 캐내서 이 시대의 강자들에게 떠맡긴다면서요?"

카르나크가 입을 불퉁하게 내밀었다.

"그럴 수 없게 됐잖아."

뎀피스의 말에 따르면, 테스라낙은 카르나크의 권능을 이어받은 다른 세계의 바로스다.

"이게 앞뒤가 안 맞는 부분이 있어 진짜인지 의심은 좀 가지만, 일단 진짜라고 가정하면 이런 문제가 생겨."

테스라낙이 이 땅에 강림하면 대체 누구 몸으로 부활하게 될까?

"나 아니면 바로스란 소리잖아."

"아……."

운이 좋다면 정신력으로 물리칠 수 있을지도 모르지.

하지만 실패하면? 그 자리에서 훅 가시는 거다.

"무조건 부활 전에 막아야 돼! 소중한 우리 몸이 달려 있다고!"

"그럼요! 이게 어떤 몸인데요!"

"절대 못 주지!"

어이없어하며 세라티가 투덜거렸다.

"그 몸도 진짜 주인은 따로 있었잖아요……."

애초에 저 둘의 육체 역시 이 시대의 카르나크와 바로스로부터 빼앗은 것이다.

여전히 두 사람은 눈도 깜빡하지 않았지만.

"그러니까!"

"우리까지만 허용하는 거죠!"

"아무렴! 그 이상은 안 돼!"

"아, 예……."

그녀는 한숨을 깊게 내쉬었다.

예전에 들었던 말과 토씨 하나 다르지 않았다. 참 한결같은 놈들이었다.

'대체 이 인간들은 언제쯤 한결같지 않게 되려나?'

＊

바라칸트 산맥을 가로지른 지 나흘째.

서로의 존재 덕분에 카르나크 일행도 알타스 상단도 참으로 편안하게 제국의 영토에 도달했다.

하지만 더 이상 함께 움직일 순 없었다.

알타스 상단의 교역로는 제국 서부에서 끝이지만 일행의 목적지인 멜러드 지방은 제국 중부까지 가야 하는 것이다.

상단과 헤어지며 바로스가 아쉬워했다.

"도로 우리끼리 다녀야겠네요. 그동안 꽤 편했는데."

"꼭 그런 건 아니고."

카르나크가 고개를 저었다.

"아직 편할 일이 조금 더 남아 있긴 해."

과연 그랬다.

이틀 뒤, 제국 서부 도시 중 하나인 칼라트 시티 인근의 하르란 성채.

성채를 들어서자마자 한 무리의 기사들이 일행을 환대하며 맞이한 것이다.

"오오, 카르나크 공이 아니십니까?"

"다른 분들도 오셨군요!"

파사의 여단 소속 오러 유저인 레스테인과 마법사 스트로노프, 그리고 서부 주둔군의 군장인 레오콜트 경이었다.

"어서들 오시게. 기다리고 있었네."

바라칸트 산맥을 넘어갈 때만 해도 레번은 꽤나 걱정을 했다.

검은 신의 교단의 비밀 던전, 일명 '총독 보관소'는 라케아니아 제국의 영역으로 엄연히 파사의 여단 관할이다.

그걸 딴 나라 조직인 유스틸 킹스 오더가, 무려 국경까지 넘어가면서 찾아간다?

여러모로 오해 사기 딱 좋은 상황인 것이다.

당연히 제국 측과 협력해야 했다. 이건 일찌감치 짐작하고 있었다.

이상한 건 일행의 태도였다.

제국 귀족이 7왕국 연합을 무시하는 풍조는 워낙 유명하다.

게다가 킹스 오더나 파사의 여단 같은 특무 조직은 안 그래도 폐쇄적이라 더더욱 다른 조직을 인정하지 않는다.

그런데도 다들 너무 자신만만했던 것이다.

-우리가 가면 잘 대해 줄걸요.
-똑같이 사교도를 상대하는 전우 아닙니까?
-걱정 마요, 사이가 나쁜 편은 아니니까.

세상일이 그렇게 만만할 리 없는데 왜 저리 느긋한 걸까?

덕분에 레번만 속으로 전전긍긍하고 있었다.

그런데, 막상 파사의 여단을 만나 보니 일행의 말이 전적으로 옳았다.

하르란 성채의 중앙 홀.

기다란 테이블 가득 온갖 음식이 풍성하게 놓여 있었다.

각종 술과 고기, 과일이 줄지어 차려지고 이름난 요리사가 솜씨를 부린 지역 특산물도 가득하다.

파사의 여단이 카르나크 일행을 위해 준비한 연회였다. 누가 봐도 귀한 손님 대접인 것이다.

술잔을 든 레오콜트와 카르나크가 부드러운 대화를 주고받는다.

"그럼 많이들 드시게."

"이거 참, 환대에 감사드립니다."

"환대라니. 응당 해야 할 일인 것을, 허허."

다른 이들 역시 분위기가 화기애애하다.

"카르나크 공이 7서클의 경지에 올랐단 말입니까?"

"게다가 세라티 경도 블루 나이트가 되었어요?"

"역시 보통 분들이 아니군요."

진도가 너무 빠르다며 수상하게 보는 이들은 딱히 없었다.

전설의 마법사에게서 전설의 마법을 전수받은 천재가, 꾸준히 노력해 고위 마법사가 된 것이다. 이게 뭐가 이상하다고?

실제로 마법사 스트로노프 같은 경우는 꽤나 부러워하기도 했다.

"저도 달라스의 마법서 같은 기물을 얻을 수 있다면 얼마나 좋을까요."

듣는 세라티 입장에선 참 어이없는 이야기였지만.

'달라스의 마법서 정도가 아니라 그냥 본인을 데리고 있는데요?'

카르나크나 바로스가 워낙 진도가 빠르니 갓 청색급이 된 세라티 정도는 상대적으로 평범해 보여 그냥 그러려니 하는 눈치였다.

하여튼 다들 참 친해 보인다. 심지어 알리우스나 라피셀조차도.

"그때 참 신세 많이 졌습니다, 알리우스 신관님."

"별말씀을요."

"라피셀 양도 건강해 보여 다행이군요."

"감사합니다!"

그저 레번만 붕 떠 있었다.

"이름 높은 스트라우스 가문을 뵈어 영광입니다."

"스트라우스라면, 그 무왕 갤러드의?"

"에밀이라는 후계자가 매우 뛰어나다는 이야기는 들었습니다만……."

적당히 거리를 두고 예의만 차리는 수준이었다. 그것도 순 갤러드와 에밀만 언급하는 식으로.

'네, 네, 제가 바로 이름 높은 스트라우스 가문의 무명소졸 레번이올시다.'

물론 속으로만 투덜댄다. 대놓고 이야기하면 안 되지.

하여튼 예상외였다.

이 정도면 사이가 나쁘지 않은 정도가 아니라 거의 구명의 은인을 맞이한 태도가 아닌가?

하도 궁금해 레번이 세라티에게 몰래 물었다.

[대체 예전에 무슨 일이 있었던 겁니까?]

[마녀로부터 이 사람들을 구했거든요.]

[여기서도요? 뭔 마녀가 제국 전역을 돌아다닙니까?]

[그, 그건 아니고…….]

눈치를 보며 그녀는 마녀 사건과 휴델 사건을 간략히 설명해 주었다.

대강 사정을 알게 된 레번이 납득하며 고개를 끄덕였다.

'뭐야? 구명의 은인 맞았잖아?'

사정을 들어 보니 파사의 여단이 저렇게 나오는 게 충분히 이해가 간다.

고생은 카르나크 일행이 하고 공은 쟤들이 먹었다며? 심지어 그 전에 목숨도 구해 줬다며?

저들에게 있어 카르나크는, 아무 이득 없이 정의를 위해 움직이고 명예조차 마다하며 겸허하게 자신을 감춘 의인 중의 의인인 것이다!

[충분히 칭송할 만하네요.]

레번은 납득했고 세라티는 울화통이 터졌다.

[의인? 칭송? 와, 씨, 저게 무슨, 와…….]

[뭐, 결과적으로 좋은 일 한 건 맞지 않습니까?]

[저도 그렇게 생각하던 시절이 있었답니다.]

[……네?]

⁎

연회가 파하고 모두가 잠자리에 든 늦은 밤.

카르나크는 레오콜트의 집무실에서 앞으로의 계획에 대해 논의 중이었다.

"저희 조건은 이미 알고 계시겠죠?"

"그렇다네."

카르나크가 파사의 여단에 협력을 구할 때 내건 조건은 이 것이었다.

–멜러드 지방의 한 던전에서 사교도들이 극비로 옛 마법 사들의 유골을 모으고 있다는 정보를 입수했다. 우리가 유골 을 챙길 테니 파사의 여단이 남은 모든 전공을 차지하시라.

얼핏 카르나크 일행이 알맹이를 빼먹을 테니 파사의 여단은 자투리만 챙기라는 것처럼 보인다.

하지만 레오콜트는 저 조건의 타당성을 충분히 이해하고 있었다.

"그럴 수밖에 없겠지. 대마법사 엘레자르가 사교도들의 배후일지도 모르니까."

여전히 그녀가 검은 신의 교단을 이끄는 3성인 중 하나라는 증거는 찾지 못했다. 워낙 고위 권력자라 함부로 파고들기 힘든 탓이었다.

하지만 심증은 꽤나 생겼다고 한다.

"죄지은 놈들이 할 법한 대응을 보이더군."

엄청 귀찮게 굴었는데도, 엘레자르의 측근들은 알아서 몸을 사리며 일을 크게 만들지 않으려 노력하고 있었다.

이야기를 듣던 카르나크가 의아해했다.

"죄 없는 사람도 다그치면 보통 비슷하게 굴지 않습니까?"

"엘레자르 정도의 거물이라면 이야기가 다르지."

원래부터 그녀가 썩 겸손한 성격인 것도 아니었다.

꾸준히 오만하던 인간이, 충분히 오만해도 지장 없는 상황에서, 갑자기 겸손하고 배려심 넘치는 태도를 보인다?

"이건 뒤가 구리다는 소리지. 정말 그녀가 사교도와 관련이 없다면 내 목이 여태 남아 있지도 못했을걸."

이런 이유로 레오콜트는 엘레자르가 사교도의 배후에 있

다고 확신하고 있었다.

당연히 '옛 마법사의 유골' 역시 파사의 여단에서 관리할
수 없다. 그랬다간 여단 내에서 쥐도 새도 모르게 사라질 테
니까.

차라리 엘레자르의 손이 닿지 않는 7왕국 쪽으로 넘기는
게 나은 것이다.

대외적으로 사교도를 퇴치한 공은 파사의 여단이 전부 차
지할 테니 딱히 손해 보는 것도 아니다.

서로의 이해를 확인했으니 이제 남은 건 실질적인 작전을
세우는 것뿐.

레오콜트가 제국 지도를 펼쳤다.

"우리가 밖에서 크게 소란을 피워 주면 되겠지?"

"예, 그 틈에 저희가 몰래 잠입하겠습니다."

총독 보관소의 가장 큰 문제는, 위치가 제도 테아 크라한
근처라서 엘레자르가 언제 나타날지 모른다는 점이다.

걸어서 하루 걸리는 거리를 근처라고 칭하는 것이 어이가
없긴 하지만, 대마법사쯤 되면 정말 1시간도 안 걸려서 날아
올 수 있는 것이다.

물론 던전 밖이라면 아무리 엘레자르라도 함부로 파사의
여단 앞에 나설 수 없다. 자신이 사교도의 배후라는 걸 자백
하는 꼴이니까.

하지만 던전 내부라면 부담 없이 힘을 쓸 수 있다.

유골 근처에 가기도 전에 가로막히겠지.

그러니 몰래 총독의 유골을 훔치려면 그녀가 알아차리기 전이어야 한다.

파사의 여단이 멜러드 지방의 사교도들을 소탕하겠다고 난리를 피우고, 사교도들은 그에 대응하고, 그 틈에 카르나크 일행이 몰래 들어가 유골을 탈취하는 것이다.

"파사의 여단은 던전 외부에서 적당히 사교도들을 소탕하고 돌아가 주시면 됩니다."

카르나크의 말에 레오콜트가 히죽 웃었다.

"우리로선 마다할 이유가 없지. 이것만으로도 충분한 전공이 될 테고, 덤으로 엘레자르에게 한 방 먹일 수도 있으니까."

✳

다음 날 아침, 파사의 여단 서부 주둔군은 보무도 당당하게 하르란 성채를 출발해 멜러드 지방으로 향했다.

보란 듯이 화려한 갑옷, 건장한 준마, 번뜩이는 창칼로 무장한 화려한 군세였다.

그리고 그 속에는 비슷한 복장으로 정체를 숨긴 카르나크 일행도 끼어 있었다.

나무는 숲에 숨기라는 말이 있듯, 저들 사이에 끼어 있으니 전혀 티가 나지 않았다.

그렇게 멜러드 지방으로 향한 지 이틀째.

오늘도 일행은 평온한 하루를 보내고 있었다.

야영지를 준비하는 병사들 사이에 서서 바로스가 너스레를 떨었다.

"집 나가면 고생이라더니, 이 정도면 고생이라 할 수도 없군요."

알타스 상단과 함께할 때만큼 편하진 않아도, 어지간한 잡일은 병사들이 알아서 해 준다.

반면 카르나크는 여전히 불만인 듯했다.

"그래도 집이 더 좋지. 어휴, 대체 언제쯤 영지 돌아가나?"

솔직히 그의 입장에서는 그럴 만했다.

돈도 지위도 저택도 다 있는데 왜 쓰질 못하는가!

물론 이유를 따져 보면 본인 잘못이긴 한데…….

"잠깐, 생각해 보니 이거 내 잘못 아니잖아? 테스라낙인가 뭔가 하는 놈이 저지른 짓이라며?"

"그런데 왜 전 여전히 도련님 잘못인 것 같은 느낌이 들까요?"

"웃긴 건, 나도 여전히 내 잘못인 것 같은 느낌이 든다는 거다."

피식 웃은 뒤 바로스가 화제를 돌렸다.

"전 그럼 다시 레번 경이나 봐주러 가겠습니다."

"그래라."

예전에 바로스가 레번을 오러 유저로 만들겠다고 한 건, 단순히 휴가 받으려고 둘러댄 소리가 아니었다.

실제로 그는 꾸준히 레번의 검술을 손봐 주고 있었다.

"다시 휘둘러 보십시오, 레번 경!"

"넵!"

야영지 한쪽 공터에서 레번이 연신 검을 휘두른다. 그때마다 바로스가 적절하게 부족한 부분을 지적한다.

문득 레번이 감탄하며 물었다.

"어떻게 이렇게 델피아드 검투술을 잘 알고 계신 겁니까?"

델피아드 검투술은 스트라우스 가문의 가전 검술, 그런데 바로스는 스트라우스와 관련도 없으면서 검술에 대한 이해도가 굉장히 높다.

태연하게 바로스가 둘러댔다.

"칼 밥 먹는 자치고 델피아드 검투술을 모르는 자가 어디 있다고 그러십니까?"

"하긴 그러네요."

델피아드 검투술의 기초 단계는 대륙 전역에 널리 퍼져 있다. 바로스 정도의 오러 유저라면 충분히 이해하고도 남겠지.

납득한 레번이 다시금 검을 휘두르기 시작했다.

그 모습을 지켜보며 바로스는 생각에 잠겼다.

'분명히 재능은 출중한데…….'

뭘 시켜도 척척 잘한다. 세간에서 말하는 천재의 조건에 충분히 들어맞는다.

'그런데 왜 아직도 오러 각성을 못 한 거지?'

라피셀의 경우와는 조금 다르다.

비록 기억이 없다 해도 그녀의 영혼은 미래의 무왕, 사실 힘 좀 주면(?) 지금도 오러를 쓸 수는 있을 것이다.

'본인이 무의식적으로 기피하고 있겠지만.'

억지로 오러를 끌어 올리는 건 신체에 큰 부담을 주고 차후의 성장에도 악영향을 가져오기에 바로스도 진짜 급박한 경우가 아니면 구사하지 않는다.

하지만 레번은 이미 충분히 단련된 상태.

'그런데도 아직 오러를 감지하지 못한단 말이지?'

과거를 떠올리며 바로스는 인상을 썼다.

'대체 갤러드가 어떻게 레번을 가르쳤기에 단시간에 오러 각성을 시킨 건지 모르겠네.'

※

하르란 성채를 떠난 지 나흘 뒤.

파사의 여단은 마침내 멜러드 지방에 도착했다. 내내 함께 움직이던 카르나크 일행 역시 슬슬 헤어질 시간이 되었다.

"그럼 마음껏 날뛰어 주십시오."

카르나크의 당부에 레오콜트도 웃음기 띤 미소로 답한다.

"물론이지. 자네들도 조심하게나."

멀어지는 여단의 뒷모습을 바라보던 세라티가 서쪽 하늘로 시선을 돌렸다.

"이제 우리 목적지는 저긴가요? 거 산세 한번 험하네요."

"어쩌겠어, 그래도 가야지."

피곤해하는 카르나크의 눈동자에 지평선 끝까지 펼쳐져 있는 거대한 산세가 비쳤다.

대륙 중부를 크게 종단하는, 라케아니아의 등뼈라고도 불리는 곳.

던전 총독 보관소가 위치한 티엔파랄 산맥이었다.

말레피쿠스 던전이 위치한 칼렌타 대수림을 지날 때만 해도 카르나크 일행은 배낭에 짐을 한가득 채워 들고 다녀야 했다.

야외에서의 숙식을 직접 해결해야 했으니까.

반면 총독 보관소가 위치한 티엔파랄 산맥을 오르는 지금은 실로 홀가분한 차림이었다.

어깨를 매만지며 세라티가 말했다.

"짐이 적으니까 좀 불안하네요."

바로스가 고개를 저었다.

"상관없죠. 어차피 오래 걸릴 일이 아니니까요."

정확히는, 오래 걸려서는 안 될 일이었다.

오늘 중으로 던전 잠입해서 하루 안에 목적을 달성하고 바로 나와 다시 파사의 여단과 합류해야 한다.

혹시 시간을 지체하면 어찌 되냐고?

그럼 도중에라도 포기해야 한다. 엘레자르에게 들통날 가능성이 너무 높아지는 탓이다.

덕분에 현재 카르나크 일행은 무장을 제외하곤 만일을 대비해 비상식량 정도만 챙긴 상태였다.

몸이 가벼우니 이런 험준한 산세라도 부담 없이 쑥쑥 오른다.

중간에 나온 몬스터들 정도는 바로스나 세라티까지 갈 것 없이 라피셀 선에서 정리가 되고.

"에잇!"

회색빛 머리칼을 휘날리며 작은 소녀가 몸을 날렸다.

거대한 멧돼지가 그녀가 서 있던 자리에 충돌해 흙먼지를 피웠다.

쿠웅!

전격을 쏘는 뿔이 달린 멧돼지 형상의 마물, 데스라트 보어였다.

단련된 모험가도 3~4명은 있어야 해치울 수 있는 강력한 마물인데 한 번 들이받은 후로 미동이 없다.

이내 쓰러진 멧돼지의 미간에서 한 줄기 핏물이 흘렀다.

그 짧은 틈에 라피셀의 찌르기가 정확히 명중한 것이었다.

"잡았어요!"

검에 묻은 핏물을 떨쳐 내며 소녀가 우아하게 검을 거뒀다.

쓰러진 멧돼지를 지나치려던 레번이 문득 중얼거렸다.

"아, 이거 고기 맛있는데 그냥 버리고 가기 아깝네요."

순간 카르나크와 바로스가 눈을 부라렸다.

"맛있냐?"

"얼마나 맛있는데요?"

"이대로 도시 들고 가면 별미 취급해 줄 정도는 됩니다."

레번의 대꾸에 카르나크가 입맛을 다셨다.

"그럼 기다려 봐."

"뭐 하시게요?"

"나중에 챙겨 가게."

바로스가 피 뽑고, 카르나크가 마법 걸고, 근처 나무에 멧돼지 매달고, 주위에 간단한 마법 결계를 친다.

"이 정도면 내일까진 산짐승이 꼬이지 않겠지."

이러면 나중에 돌아가는 길에 잘 숙성된 고급 고기를 들고 갈 수 있는 것이다!

"여단 사람들이랑 나눠 먹죠, 도련님."

"다들 좋아하겠지?"

싱글벙글 웃고 있는 둘을 보며 레번은 혀를 내둘렀다.

'참 먹는 데 진심인 양반들이란 말이야.'

이젠 레번도 저들이 왜 저런 태도를 보이는지 알고 있었다. 권속이 된 덕분에 두 사람이 시공 회귀한 사정을 들었으니까.

'그리고, 미래의 나를 죽여서 언데드로 만들기도 했다지?'

미래의 레번이 보기엔 철천지원수이고, 지금의 그가 보기엔 생명의 은인.

얼핏 애매한 관계처럼 보이지만 레번 입장에선 오히려 명확하게 구별되는 느낌이었다.

'그놈은 그놈이고 나는 나. 서로 아무 상관도 없다는 증거겠지.'

그 후로도 일행은 목적지를 향해 나아갔다.

확실히 말레피쿠스 던전을 찾아갈 때보다 여러모로 편했다.

뎀피스가 주위 지형이며 출몰 가능성이 높은 마물들까지 모두 알려 줬으니 가장 짧은 거리의, 가장 편한 길을 골라 갈 수 있는 것이다.

게다가 슬슬 카르나크도 몸이 꽤 탄탄해져 이 정도 산행은 가뿐할 정도로 체력이 붙었다.

그간 운동한 보람을 느끼며 카르나크가 으스댔다.

"이 정도면 일반 병사 정도는 무술로 붙어도 이기지 않을까?"

곧바로 충실한 심복의 핀잔이 돌아왔지만.

"누구나 처맞기 전엔 그럴듯한 계획이 있다고 하죠."

"끙, 아직도 무리냐?"

바로스는 카르나크를 빤히 바라보았다.

습관처럼 구박부터 하긴 했는데, 지금 보니 몸이 꽤 단련되긴 했다. 완전히 무시할 수준은 아니다.

"상대가 방심할 경우라면 실제로 승산이 있을지도 모르겠네요."

"어쨌건 그냥은 무리란 소리구만."

수다를 떨며 3~4시간을 더 이동하니 마침내 목표한 장소가 나왔다.

나지막한 구릉을 뒤덮은 거목들 사이로 얕은 굴이 땅속으로 향해 있다.

얼핏 곰 굴처럼 보이지만 곰 굴일 순 없었다. 해가 비치지 않는 깊은 곳에 오래된 금속 문이 박혀 있는 것이다.

뎀피스가 알려 준 총독 보관소의 뒷문 중 하나였다.

구조를 살펴본 카르나크가 말했다.

"잠겨 있군, 당연하겠지만."

꽤나 복잡한 구조의 물리적인 열쇠라 마법으로는 열리지 않는 물건이었다.

그래서 예전에는 이런 문을 만나면 그냥 부숴 버렸지만 이
젠 그럴 필요가 없다.

지금 카르나크에겐 '못 따는 게 없는 레번 군'이 있으니까!

"열까요?"

"응."

잠시 후 삐걱대는 소리와 함께 문이 열리고 곰팡내 나는
공기가 훅 불어왔다.

"오랫동안 환기가 안 된 모양이군요."

코와 입을 막은 채 알리우스가 앞으로 나섰다.

"혹시 모르니 축복을 걸겠습니다."

정화의 술법이 일행 전원을 감쌌다.

더러운 공기나 곰팡이 등으로부터 안전해지는 신성술이었
다.

"그럼 들어가시죠."

❊

총독 보관소는 말레피쿠스 던전과는 비교도 안 될 만큼 위
험한 곳이었다.

말레피쿠스 던전은, 비록 일부이기는 해도 사교도들이 숨
어들어 가 마을을 꾸릴 수 있었다. 어느 정도 살 만하다는 소
리다.

하지만 총독 보관소에서 출몰하는 마물이나 망령은 지나치게 강력했다.

일반 사교도는 근처만 가도 목숨을 잃을 정도로.

그래서 엘레자르는 이곳에 총독의 유골을 보관한 뒤, 특별히 강력한 사령술사 몇 명만을 배치해 지키게 했다.

"덕분에 던전 내 사령술사들은 강하긴 해도 숫자는 얼마 없다고 하더라고. 충분히 몰래 털고 나올 수 있어."

뎀피스에게 들은 정보를 알려 주며 카르나크가 설명을 이었다.

"엘레자르도 이를 모르는 바가 아니니 감지 결계를 설치해 놓았지만."

결계의 감지 능력은 범위에 따라 결정된다.

범위가 좁을수록 정밀도가 올라가고, 넓어질수록 떨어지는 식이다.

총독 보관소에 설치된 것은 대규모 광역 감지 결계였다.

던전 전역을 감지할 수 있는 대신 정밀도는 그리 높지 않았다.

얼핏 대마법사답지 않은 허술한 대응으로 보일지도 모르겠으나, 실은 이게 오히려 상대하기 까다롭다.

"차라리 좁은 범위의 정밀한 감지 결계를 쳤다면 그 부분만 해제해 버리면 되는데, 범위가 너무 넓으니 나도 손쓸 방법이 없더라."

결국 카르나크 일행의 선택지는 하나뿐이다.

감지 결계에 안 걸리게 최대한 조심해서 움직이는 것.

어둠이 깔린 복도를 마법의 불로 밝히며 카르나크는 계속 걸음을 옮겼다.

"중요한 건, 힘을 과하게 쓰면 안 된다는 거야."

마법은 4서클까지만.

오러를 투기검으로 방출하는 것도 안 된다. 체내에서 돌려 신체 능력을 증가시키는 수준까지만 써야 한다.

신성 주문은 아군을 대상으로 하는, 권능이 외부로 퍼지지 않는 축복이나 치유술 계열만 가능하다.

"이 정도가 엘레자르에게 들키지 않을 조건이겠군."

알리우스와 바로스가 인상을 썼다.

"골치 아픈 조건이군요."

"안 그래도 여기 나오는 놈들 세다던데."

레번과 라피셀은 그냥 그러려니 하는 눈치.

"저흰 그냥 최선을 다하면 되겠군요?"

"저도요."

세라티는 살짝 의아해하고 있었다.

카르나크의 말에 따르면, 이제부터 자신들은 살얼음판을 걷는 것처럼 위험한 전투를 이어 가야 한다.

그런데 그런 것치곤 어째 카르나크의 표정이 좀 느긋하다?

혹시나 싶어 그녀가 몰래 물었다.

[사령술은요?]

과연, 카르나크가 옅은 미소를 지으며 대꾸했다.

[사령술은 아무 문제 없지. 어차피 던전에 사기가 워낙 가득하니 티가 안 나거든.]

그럼 그렇지 싶었다.

저 인간이 믿는 구석 없이 저렇게 담대한 모습을 보일 리가 있나?

[수틀리면 몰래 쓰셔야겠네요.]

[몰래?]

세라티의 말에 카르나크가 눈웃음을 쳤다.

[굳이 그럴 필요까지도 없는데.]

⁂

거친 석벽으로 이루어진 통로를 따라 말라비틀어진 다섯 마리의 오크 무리가 달려온다.

"크아아!"

"카악!"

오크가 언데드화된 마물, 레버넌트 오크였다.

두꺼운 갑옷과 녹슨 검, 방패로 무장한 놈들이었는데 하나같이 전신에 어둠의 기운을 두르고 있었다.

알리우스가 재빨리 일행의 무기에 축복을 내렸다.

"하토바여, 가호의 힘을 내리소서!"

모두의 칼날이 희미하게 빛났다. 언데드의 재생 능력을 방해하는 신성술이었다.

축복을 받은 바로스가 땅을 박차고 앞으로 돌진해 갔다.

"헙!"

기합과 함께 섬전 같은 횡 베기가 상대를 노린다.

타앙!

선두의 오크가 방패를 들어 참격을 막았다.

금속음과 함께 불꽃이 튀었다.

투기검이었다면 일격에 방패째 갈라 버렸겠지만 지금은 이 정도가 한계다.

하나 바로스는 당황하지 않았다.

'내가 뭐, 투기 못 쓰는 상태로 싸운 게 하루 이틀도 아니고.'

자연스럽게 바로스의 장검이 방패를 따라 미끄러졌다. 그리고 이내 상대를 타고 넘어 빈틈을 파고들었다.

일격에 레버넌트 오크의 목이 뎅겅 잘려 나갔다.

"크어억!"

그 뒤로 레번과 라피셀이 스쳐 지나갔다.

둘 다 오크 한 놈씩 맡은 채 섬세한 검술을 펼친다.

상대하던 레버넌트 오크들의 움직임이 묘하게 흐트러진다.

"컥?"

"크륵?"

우악스러운 오크들의 참격이 연신 허공에서 미끄러지며 엉뚱한 곳으로 향했다.

둘 다 검술 솜씨만큼은 천부적이라 힘 차이가 역력한데도 잘도 비껴 흘리는 것이다.

그리고 세라티는…….

"에잇! 켁?"

전력으로 붙었다가 전력으로 나가떨어지고 있었다.

'윽! 이러면 안 되는데!'

간신히 자세를 바로잡으며 그녀는 혀를 찼다.

워낙 투기검 사용이 습관이 되어 놓으니 오러 사용을 신체 증폭에만 제한하기가 너무 힘들다.

'진짜 어렵네, 이거.'

투기검을 쓰지 않는 전투 자체는 그녀도 익숙하다. 굳이 투기검을 쓸 필요가 없는 적을 상대할 일도 많았으니까.

하지만 그건 어디까지나 약자를 상대로 적당히 싸울 때의 일이었다.

한계를 정해 놓고 최선을 다하는 건 다른 문제인 것이다.

힘을 더 주면 투기검이 발현되어 버리고, 그렇다고 힘을 빼 버리면 신체 능력에서 밀린다.

"헉, 허억, 헉…….."

연신 숨을 헐떡이며 그녀가 열심히 검을 휘두를 때였다.

등 뒤에서 카르나크의 목소리가 울렸다.

"준비 끝났다."

"넵!"

기다렸다는 듯 바로스가 뒤로 물러났다.

레번과 라피셸, 세라티도 레버넌트 오크 무리와 거리를 벌렸다.

카르나크가 완드를 들어 두 무리 사이의 허공을 가리켰다.

"일어나라, 심연의 백성들이여. 어둠을 타고 흘러 내 적을 쳐라!"

귀곡성이 울려 퍼졌다.

벽과 천장, 바닥을 뚫고 검은 악령들이 솟구치기 시작했다.

꺄아아아아!

악령들이 레버넌트 오크 무리를 일제히 덮쳐 간다.

놀란 놈들이 칼과 방패를 휘둘러 공세를 막으려 할 때였다.

쾅! 콰쾅! 콰콰콰쾅!

무지막지한 폭발과 함께 불길이 치솟아 마물들을 덮쳤다.

처절한 비명과 함께 오크들이 하나둘 쓰러지기 시작했다.

"크아아아악!"

"카아아악!"

상대가 죄다 숯으로 변하자 카르나크도 완드를 거뒀다. 그리고 예리한 눈빛으로 사방을 둘러보았다.

잠시 후 그가 안심한 표정을 지었다.

"좋아, 감지 결계에 안 걸렸다."

여전히 복도엔 악령 소환으로 인한 어둠의 기운이 자욱하게 끼어 있었다.

주위를 둘러보며 알리우스와 라피셀이 감탄을 터트렸다.

"굉장한 위력이군요."

"대단해요, 카르나크 님!"

주먹을 움켜쥐며 카르나크가 희미한 미소를 지었다.

"사법의 중개자도 슬슬 완성이 되어 가는군."

계속 던전을 나아간다. 계속 망령과 마물이 튀어나온다.

전투는 내내 비슷한 양상을 띠고 있었다.

우선 알리우스가 일행에게 축복을 걸어 주고, 오러를 억제한 바로스와 세라티가 적과 맞서 싸운다. 라피셀과 레번도 열심히 저들을 도우며 시간을 끈다.

그렇게 시간을 벌고 나면!

꺄아아아아!

곧바로 귀곡성과 함께 강대한 망령들이 피어올라 적들을 싹 쓸어버린다.

사법의 대속자, 사법의 기만자에 이은 카르나크의 세 번째

대사령술사용 마법.

사법의 중개자(Link of Necromancy).

이는 원래 로이드 왕자에게 했던 거짓말에서 비롯된 마법이었다.

당시 카르나크는 사령술에 관련된 저주받은 물건과 환영 마법을 이용해 가짜로 사령술사인 척할 수 있다고 왕자를 속였다. 그래 놓고 뻔뻔하게 진짜 사령술을 써 버렸지.

그런데 나중에 이런 생각이 든 것이다.

-이 마법, 실제로 만들 수 있겠는데?

처음에는 저주받은 물품의 사령력을 마법으로 뽑아내서 그 권능을 쓰는 식으로 개발할 생각이었다.

하지만 막상 개발하고 나니 세라티가 문제점을 짚었다.

-그러니까, 사악한 물건에 깃든 힘을 마법으로 뽑아서 쓴다고요?

-그렇지!

-그게 대체 사령술이랑 뭐가 다른데요? 똑같이 어둠의 권능을 쓰는 거잖아요.

-……어?

결국은 사령술을 쓰게 만드는 마법이었다.

당연히 사령술의 부작용도 그대로 남아 있고, 무엇보다 주위 시선이 장난 아니게 따사로울 것이 뻔하다.

–애초에 카르나크 님이 하셨던 거짓말은 어디까지나 '사령술'처럼 보이게 만드는 수법 아니었어요?

–그러게? 연구하다 보니 주객이 전도되어 버렸네.

초심으로 돌아가 다시 마법을 뜯어고쳤다.

앞선 두 사법 시리즈에 비해 유독 오래 걸린 이유이기도 했다.

현재 완성된 사법의 중개자는, 평범한 마법의 형태를 환영으로 바꿔 사령술처럼 보이게 만들고 그 위에 어둠의 기운을 덮어씌우는 형태다.

껍질은 사령술, 실체는 순수한 마법인 것이다.

이 정도면 독실한 하토바의 성직자인 알리우스가 보기에도 교리상 큰 문제가 없었다.

"확실히 대단한 마법이긴 합니다. 모르는 사람이 보면 진짜 사령술로밖에 안 보일 테니까요."

실은 아는 사람이 봐도 의심할 정도이긴 하다.

하지만 오해는 하지 않는다.

카르나크가 품에 넣어 둔 저 기이한 형태의 부적으로부터 어둠의 힘이 흘러나와 마법을 감싸는 과정이 생생하게 느껴졌거든.

결과적으로는 사령술처럼 보인다 해도, 시작 과정에서 마나의 흐름이 아직 남아 있기 때문에 고위 성직자나 기감이 뛰어난 오러 유저는 실체가 마법임을 파악할 수 있었다.

그러니 의심할 이유는 분명 없지만……

"괜찮겠습니까? 저희가 감지할 수 있다는 건 상대에게도 들통날 수 있다는 말인데요."

레번과 라피셀도 알리우스의 의견에 동의했다.

"동감입니다. 전 오러 유저가 아닌데도 희미하게나마 느껴질 정도였습니다."

"저도요. 이대로는 들킬 것 같은데요?"

지금이야 감지 결계를 속이는 것이니 시작 과정에서 마나가 좀 새어 나가도 문제가 없다. 4서클을 초과하는 마나만 쓰지 않으면 되니까.

하지만 사교도들을 속이려면 이보다는 더 은밀해야 한다.

"역시 모두의 의견을 들어 볼 필요가 있군."

고개를 끄덕이며 카르나크가 품에서 작은 종잇조각을 꺼내 알리우스에게 건넸다.

"이거 다 썼습니다. 바꿔 주세요."

사법의 중개자로 사기와 탁기를 끌어낸 사교도의 부적이었다.

부적을 받아 든 알리우스가 대신 작은 흑빛 엠블렘을 꺼냈다. 이 역시 신성력으로 봉인한 사교도들의 물품이었다.

"여기 있습니다."

이 수법에는 저주받은 물품이 필수.

그래서 카르나크는 미리 킹스 오더의 압류품 일부를 들고 와 알리우스에게 맡겼다.

저런 위험한 물건은 아무래도 성직자가 제일 잘 관리할 테니까.

모두를 돌아보며 카르나크가 빙그레 웃었다.

"다음에 사법의 중개자 쓸 때 다시 한번 감지해 봐. 이번엔 시작 과정도 신경 쓸 테니까."

또 사법의 중개자가 발동되었다.

또 마물 한 무리가 시꺼먼 숯이 되어 바닥에 나뒹굴었다.

일행을 돌아보며 카르나크가 물었다.

"어때?"

알리우스가 감탄을 터트렸다.

"이번에는 확실히 기운을 감지하기 힘들어졌습니다."

라피셀도 비슷한 반응이었다.

"저도요. 정신을 집중했는데도 간신히 느낄 수 있었어요!"

바로스와 레번 역시 고개를 끄덕끄덕.

"아까보다 훨씬 은밀해졌군요."

"미리 언질을 들었기에 망정이지, 모르는 상태였다면 알아차리지 못했을 겁니다."

세라티만 멍한 얼굴이었다.

'느껴져? 뭐가?'

솔직히, 이번엔 그냥 일반적인 사령술인 줄만 알았다. 진짜 정신 집중하고 있었는데도.

그런데 다들 뭔가 알아차렸다는 듯 떠들고 있는 것이다.

'나만 못 느낀 거야? 이래 봬도 청색급인데?'

바로스야 원래부터 괴물이니 그렇다 치자. 알리우스도 유독 사기에 민감한 성직자이니 그럴 수 있다 치고.

하지만 레번과 라피셀은?

저 둘은 오러 유저조차 아니지 않은가?

아무리 저들이 미래에 무왕이 될 천재 중의 천재라지만 이정도로 타고난 감각이 다르다니!

'내가 어쩌다가 이런 괴물 같은 인간들이랑 어울리고 있는 거지?'

새삼 서러움이 몰려와 세라티는 어깨를 축 늘어뜨렸다.

라피셀이 눈을 깜빡였다.

"응? 언니, 왜 그러세요?"

"아무것도 아니야."

"……?"

조금 더 진입해 갔다.

마물들과 조우한 카르나크가 한 번 더 사법의 중개자를 쓸 기회를 잡았다.

"크아아아악!"

처절한 단말마를 끝으로 출몰한 마물들이 숯이 되어 바닥을 나뒹굴었다.

일행을 돌아보며 카르나크가 물었다.

"이번엔 어때?"

알리우스가 고개를 끄덕였다.

"전혀 느껴지지 않았습니다."

라피셀과 레번 역시 마찬가지였다.

"와! 이번엔 전혀 감지할 수가 없었어요! 진짜 사령술 같아요!"

"과연, 숙달되며 힘을 감추는 방식도 느는 거군요."

카르나크가 뿌듯해하는 미소를 지었다.

"좋아, 이 정도면 충분히 실전에서 쓸 수 있겠군."

그 미소를 보자마자 세라티는 깨달았다.

사령술 감지? 기운 감지?

그딴 건 모르겠다.

하지만 저 인간 표정은 어째 감지가 된다.

[카르나크 님.]

[응.]

[마지막 건 진짜 사령술이죠?]

카르나크의 눈웃음이 한층 진해졌다.

[세라티, 눈치 많이 빨라졌네?]

사법의 중개자를 개발한 진짜 이유는 이쪽이었다.

미리 중간 과정을 보여 주고 나면 나중에 진짜 사령술을 써도 핑계에 설득력이 생기는 것이다.

레번은 당황했고 바로스는 그럴 줄 알았다는 표정이었다.

[그, 그런 거였습니까?]

[이래야 우리 도련님이죠, 암.]

어쨌든, 알리우스와 라피셸의 반응으로 이 수법이 확실히 먹힌다는 것을 확인했다.

목적은 달성한 셈이다.

[이젠 간간이 사령술 좀 써도 별 의심 안 받겠지.]

><del><</del>

이후론 일사천리였다.

총독 보관소는 분명 강력한 던전이고 여러모로 상대하기 까다로운 곳이다. 하지만 일행 입장에선 오히려 말레피쿠스 던전이 더 까다로웠다.

일단 망령 계열은 아무리 강한 놈들이 나타나도 별문제가 없다.

사법의 기만자를 구사하면 간단히 망령들의 인식에서 사라져 버릴 수 있는 것이다.

적이 이쪽을 감지 못하는데 상대하기 뭐가 어려울까?

그냥 지나가면 그만이다. 아니면 뒤통수 거하게 후리고 가도 되고.

물리적인 실체가 있는 언데드나 몬스터가 상대일 경우에는 차분히 기존의 전투를 반복한다.

적당히 상대할 만한 놈들이면 바로스며 세라티 등을 앞세워 시간을 끈 뒤 사법의 중개자로 마무리.

생각보다 강한 놈들이면?

사법의 중개자인 척하고 진짜 사령술 쓰는 거지, 뭐.

미리 사전 작업을 해 뒀으니 알리우스나 라피셀은 눈앞에서 사령술이 발동되는데도 별 의심 없이 넘어가고 있었다.

옆에서 지켜보는 세라티만 속 터질 뿐이었다.

[어쩜 저렇게 입에 침도 안 바르고 거짓말을…….]

보다 보면 신기하기까지 하다.

어떻게 계속 함께 다니는 동료를 주야장천 꾸준히 속일 수 있을까?

[나 같으면 죄책감 때문에라도 실수할 것 같은데 말이죠.]

카르나크가 의기양양하게 대꾸했다.

[원래 인간은 적응의 동물이고, 노력하면 안되는 게 없는

법이지!]

　[그러니까 왜 그딴 걸 노력하시냐고요.]

　[뭘 남 이야기처럼 말하고 그래? 세라티 너도 요샌 잘해, 이거.]

　[……그게 제일 싫은 점이라고요.]

　그렇게 일행은 계속해서 던전 중심부로 향했다.

　사법의 중개자 덕분에 안전한 전투가 가능해졌음에도 카르나크는 여전히 신중했다.

　새로운 구역에 진입할 때마다 성실하게 주위를 살피고, 전투에 임할 때도 절대 방심하지 않는다.

　"혹시 위험하다 싶으면 목숨 걸지 말고 그냥 전력을 다해."

　"그러다 감지 결계 발동하면 어쩌려고요?"

　"죽는 것보단 낫지."

　혹여 너무 강한 적이 나와서 과하게 힘을 써야 한다면, 일단 해치우고 바로 던전을 빠져나와 다음을 기약한다.

　이 경우 엘레자르가 유골을 들고 가 버릴 가능성이 높지만…….

　"대마법사에게 걸려서 전멸하는 것보단 이쪽이 낫겠지."

　레번이 문득 의아해했다.

　'엘레자르가 그 정도로 두려워할 존재인가?'

　비록 운이 많이 따르긴 했지만, 카르나크 일행은 9서클의 마스터인 뎀피스도 이긴 이들이었다.

[9서클과 10서클이 그렇게나 차이가 나나요? 여러분이 전력을 다해도 승산이 전혀 없을 정도로?]

카르나크와 바로스가 순간 실소를 흘렸다.

[승산?]

[승산이란 단어를 입에 담는 것조차도 주제 파악 못하는 수준이죠.]

[애초에 뎀피스도 우리 실력으로 이긴 게 아니야.]

[상대가 다른 9서클의 마법사라면 진작 황천 갔을걸요, 우리.]

그때였다. 카르나크가 문득 인상을 썼다.

"음?"

복도 저편에서 이제까지와는 다른 기운이 감지되고 있었다.

똑같이 어둠 계열이라 해도 망령, 언데드, 마물 계열, 사령술사 등은 저마다 조금씩 느낌이 다른 것이다.

"드디어 저쪽 사령술사가 나타나 주시는구만."

꺾인 복도 너머로 슬쩍 고개를 내민다.

저 멀리, 커다란 금속 문 앞에 검은 로브를 걸친 사내가 앉아 있는 것이 보인다.

틀림없었다.

이 총독 보관소를 지킨다는 4명의 사령술사 중 1명이었다.

알리우스가 속삭이듯 물었다.

"처리합니까?"

카르나크는 고개를 저었다.

"그 전에 결계 간섭부터 해야 합니다."

저 사령술사가 감지 결계를 직접 발동시킬 가능성도 있으니 미리 대비해야 했다.

카르나크의 전신에서 희미한 마나가 빠져나와 벽과 천장, 바닥을 타고 흘렀다.

이 일대를 임시로 차단해 감지 결계에 닿지 못하게 만드는 수법이었다.

문제는, 이 경우 상대가 곧바로 일행의 존재를 눈치채게 된다는 점이었다.

갑자기 주위에 마나가 차오르는데 모를 리가 없으니까.

벌떡 일어나 사령력을 끌어 올리며 사령술사가 고함을 질렀다.

"데, 데라 스팔라타!"

세라티가 인상을 찡그렸다. 그녀가 구사하는 이솔라어가 아니었던 탓이다.

'저놈이 뭐라는 거야?'

카르나크 일행이 모습을 드러냈다. 사령술사가 재차 외쳤다.

"에페 드네트 와팔라 스칼란!"

놈의 주위로 칠흑의 악령들이 솟구친다.

그제야 세라티는 상대가 왜 못 알아들을 소릴 하는지 깨달았다.

'맞아, 여긴 제국 중부지?'

이솔라어는 라케아니아 제국 서부까지만 통용이 된다. 중부 지방에서는 라케안어를 쓰는 것이다.

내내 파사의 여단 서부 주둔군과 함께 움직이다 보니 정작 현지인들이랑 대화를 할 일이 없어 여태 못 느꼈다.

검을 뽑아 들며 세라티가 난처해했다.

'곤란하네. 우리들 중 라케안어를 아는 사람이 있으려나?'

다행히 카르나크가 알고 있었다.

하기야, 머리도 좋은 양반이 100년 넘게 살았는데 그 정도도 모르면 그게 더 이상하겠지.

양측이 라케안어로 뭐라 뭐라 하더니 이내 전투가 벌어졌다.

카르나크의 화염 마법이 사령술사의 악령들을 노린다. 상대도 어둠의 기운을 뿜어내며 맞선다.

그 와중에 사령술사가 고함을 내질렀다.

"조드 아드란 카!"

뜻은 몰라도 억양을 보건대 욕설을 내뱉는다는 걸 알 수 있었다.

알리우스가 마주 소리쳤다.

"아드 라칸!"

그 또한 라케안어를 할 줄 아는 것이다.

납득할 수 있었다. 고위 성직자이고 신전에서 공부도 많이 한 사람인데 그쯤은 해야지.

의외인 건 바로스였다.

"에페 페르타!"

알아듣지 못할 말을 외치며 바로스가 연신 참격을 뻗어 낸다. 사령술사가 불러낸 레버넌트 오크들이 순서대로 썰려 가기 시작한다.

세라티의 안색이 살짝 굳었다.

'바로스 경도 2개 국어 구사자였어?'

아무리 그래도 자신이 저 인간보다 무식하진 않은 줄 알았는데!

'아냐, 바로스 경도 100년 넘게 살았다며? 그 오랜 기간 세계를 지배했다는데 그 정도쯤이야…….'

애써 자괴감을 억누르며 그녀도 전투에 뛰어들었다.

검은 악령과 레버넌트 오크 사이를 오가며 참격을 날린다.

주위에서는 계속 알아듣지 못할 언어가 오고 간다.

이번엔 레번의 목소리였다.

"젤 파르타 팔론드!"

역시나 이상할 것은 없었다.

무려 스트라우스 가문이다. 7왕국 연합 최고의 명문가가 그 정도 기본 교양도 챙기지 않았겠어, 설마?

그때 귀여운 소녀의 외침이 귓가를 스쳐 지나갔다.

"엘 라프라! 파타스 폴!"

심지어 라피셀조차도 라케안어를 할 줄 아는 것이다!

검을 쥔 채 세라티가 연신 눈을 깜빡거렸다.

'잠깐, 나만 무식한 인간이야? 그런 거야?'

　

결국 사령술사는 쓰러졌다.

라케안어로 뭔가 욕설을 내뱉는 그를 내려다보며 알리우스가 눈을 빛냈다.

"심문할까요? 시간이 좀 걸리긴 하겠습니다만."

"하시죠."

뎀피스의 정보가 패나 정확하긴 하지만, 그래도 시간이 상당히 흘렀으니 새롭게 갱신할 필요가 있다.

잠시 후, 예의 '자비로운 여신교의 심문'이 시작되었다.

자고로 비명은 언어를 초월해 다들 비슷한 법.

"끄, 끄아아아악!"

심문이 이어지는 동안 세라티가 라피셀에게 물었다.

"혹시 라케안어 배운 적 있니?"

다른 사람들이 라케안어에 능통한 것은 이해가 된다.

어릴 적부터 공부 많이 할 만큼 좋은 집안 사람들이니까.
아니면 100년 묵었거나.

'그런데 라피셀은 대체 어떻게?'

잿빛 머리 소녀가 고개를 갸웃거렸다.

"라케안어가 뭔데요?"

"뭐냐니? 방금 했잖아, 너."

"……어머?"

그제야 라피셀도 자신이 다른 언어를 썼다는 걸 인식했다.

아까는 너무 자연스럽게 주변 사람들이 언어를 바꿔서 본
인도 알아채지 못했던 것이다.

"그러게요? 내가 이걸 어떻게 알지?"

카르나크가 대화에 끼어들었다.

"딱히 이상할 것 없어. 라피셀의 고향이 제국 서부 어딘가
잖아?"

검은 신의 교단이 제국 서부 지역에서 끌어모은 고아들 중
에 그녀가 있었으니까.

"그럼 어릴 때부터 이솔라어와 라케안어를 병행하며 썼을
가능성이 높아."

비록 기억은 없다 해도 어릴 때의 습관은 남아 있으니 자

연스레 라케안어를 구사했을 것이란 게 그의 설명이었다.

"아, 그렇구나."

라피셸은 납득했고, 세라티는 전언으로 몰래 물었다.

[실제로는 뭐예요?]

[왜 내가 거짓말을 했다고 생각하는 거야?]

[글쎄요, 어쩐지 그런 느낌이 들어서?]

[세라티 너, 점점 더 감이 좋아지는데?]

새삼 감탄하며 카르나크가 설명을 이었다.

[지금의 라피셸은 기억만 없을 뿐이지 여전히 미래의 무왕이잖아.]

전생의 그녀는 대륙 전역에서 인류 저항군을 이끌며 사령왕과 맞서 싸운 인류의 영웅이었다.

[대륙 전역의 인간들을 이끌려면 그 사람들이랑 말이 통해야겠지? 통역 목걸이만으로는 아무래도 불편한 점이 있으니까.]

사실 라피셸은 라케안어뿐 아니라 대륙 언어 대부분을 능통하게 구사할 수 있다.

지금까지야 쓸 일이 없어 자각을 못 했을 뿐.

[말 나온 김에 통역 목걸이라도 하나 구해 줄까, 세라티?]

[괜찮으시겠어요? 그거 엄청나게 비싸다던데요.]

[뭐, 같은 무게의 황금과 맞먹는 금액이긴 하지.]

통역 목걸이는, 3인의 대마법사 중 1인이자 부여 마법의 달인이기도 한 디오그레스 콜론의 여명탑에서 독점 생산하는 물건이었다.

성능 자체는 나무랄 데가 없으나 워낙 희귀한 재료들을 사용하다 보니 가격이 어마어마하다.

[사실 사령술 쪽에도 통역 아이템이 있기는 해. 통역 목걸이만큼 재료가 비싸지도 않고.]

[그래요? 얼마나 하는데요?]

[굳이 따지자면, 재료는 공짜나 다름없지.]

성능 면에서도 마법 쪽 통역 목걸이에 비해 크게 뒤떨어지지 않는다고 한다.

[통역사가 옆에서 실시간 통역해 주는 수준은 되거든.]

물론 세라티는 곧이곧대로 받아들이지 않았다.

이 인간이 하는 말은 무조건 한 번은 걸러 들어야 한다.

[이것부터 확인하고요. 그거 대체 어떻게 만드는 건데요?]

[일단 무덤에서 적당한 인간의 뼈를 찾아서 적절히 가공해. 그리고 원하는 언어를 구사하는 통역사의 혼령을 강령술로 부른 다음 가공한 뼈에 봉인시키는 거지.]

그렇게 들고 다니다가, 필요할 때 사령력으로 영혼을 고문해 통역을 시키는 것이다!

[통역사 혼령의 능력에 따라 성능이 결정되기 때문에 품질이 고르지 못하다는 단점이 있긴 한데, 어쨌든 재료는 굉장히 싸지. 무덤 팔 삽이랑 강령술에 쓸 촉매만 구하면 되

잖아?]

세라티는 쓴웃음을 지었다.

뭐가 어째? 영혼 봉인에 고문?

'어쩐지 이럴 것 같더라니.'

세상에 거저 되는 것은 없다.

한쪽은 같은 무게의 황금과 맞먹는 돈을 퍼부어야 하는데 다른 한쪽은 공짜나 다름없다면?

황금 대신 다른 걸 퍼부어야 한다는 결론이 나오지 않겠는가?

[그냥 통역 목걸이 쓸게요. 비싸도 그게 낫겠네요.]

⸻⸻※⸻⸻

잠시 후 알리우스의 심문이 끝났다.

아쉽게도 추가로 캐낸 정보는 없었다. 뎀피스가 떠난 이후 딱히 상황이 변하지 않은 탓이었다.

넋 나간 사령술사를 내려다보며 알리우스가 두 눈을 반짝반짝 빛냈다.

"그럼 뒤처리를 하겠습니다."

표정은 해맑은 주제에 참으로 흉악한 대사가 흘러나온다.

"그럼 사지를 자르고 혀를 뽑아야……."

기겁한 레번이 그를 말렸다.

"자, 잠깐만요!"

"네?"

"밀리아 신관님은 땅에 묻으시던데요?"

"그래도 되긴 합니다만, 시간 낭비 아닐까요?"

쉽고 빠른 길이 있는데 왜 굳이 손 많이 가는 길을 택하는 건지 이해 못 하겠다는 표정이었다.

카르나크가 끼어들었다.

"저도 멀쩡히 제압해 놓고 싶군요."

"그럴 필요가 있습니까?"

"파사의 여단도 공을 세울 필요가 있으니까요."

알리우스가 아차 하며 사령술사에게서 손을 뗐다.

"맞다, 그들이 있었지요!"

이 일대의 사교도들을 교란시키기 위해 파사의 여단은 궂은일을 자처했고, 심지어 이 던전의 증거물인 '옛 마법사의 유골'도 포기했다.

도움을 받았다면 응당 돌려주는 것이 도리가 아니겠는가?

이 정도로 강력한 사령술사라면 여단의 노고에 합당한 선물이 될 것이다.

"이왕 선물로 써먹을 것이면 망가진 쪽보다 멀쩡한 쪽이 좋겠죠."

"옳으신 말씀입니다. 제가 실수를 저지를 뻔했군요."

알리우스가 물러서고, 카르나크가 넋 나간 사령술사 앞으로 향했다.

"마비 마법을 걸어 제압한 뒤 근처에 숨겨 두죠. 나중에 볼일 다 보고 돌아가는 길에 다시 챙겨 파사의 여단에 넘기면 되지 않겠습니까?"

물론 알리우스 말대로 시간 낭비인 것도 사실이긴 하다.

"그러니 세라티는 알리우스 씨와 함께 먼저 앞쪽을 확인하고 있어. 난 이놈을 마저 처리하고 뒤따라가지."

"알겠습니다, 카르나크 님."

"라피셀, 너도 세라티 따라가고."

"네!"

지시를 받은 두 사람이 자연스레 알리우스를 재촉했다.

"그럼 가시죠."

세 사람이 문 저편으로 사라지자 바로스가 슬쩍 물었다.

"굳이 저들을 이 자리에서 치우신 이유가 있겠죠?"

여전히 정신이 나가 있는 사령술사를 가리키며 카르나크가 차갑게 웃었다.

"여러모로 쓸모가 많은데 이대로 불구로 만들어 버리긴 아깝지."

"어디에 쓰시려고요?"

"이 근방에도 황혼의 여신 세라칼 님의 훌륭한 가르침이 전파되어야 하지 않겠냐?"

파사의 여단에 넘기는 게 아니라, 황혼의 교단으로 개심시킨 뒤 이 근처 검은 신의 교단에 몰래 침투시킬 셈이었다.

쉽게 말해 놓아주겠다는 소리.

"마비 좀 일찍 풀리게 만들면 알아서 도망갈 테니까 말이야."

"알리우스 씨한테는 무슨 핑계 대시려고요?"

"굳이 핑계를 댈 필요까지도 없지."

제압해 놓았던 사령술사가 예상외로 재주가 좋아 몰래 도망치는 경우는 의외로 비일비재하다.

여신교 심문관들이 사지 자르고 혀 뽑는 수단을 쓰는 게 딱히 그들이 잔혹해서가 아니라, 나름 현실적인 이유가 있는 것이다.

"알리우스도 딱히 이상하게 여기진 않을걸. 그냥 아쉬워하고 말겠지."

그런 식으로 다른 사령술사들도 비슷하게 처리할 생각이라 했다.

레번이 의아해했다.

"어떻게 개심시키시려고요?"

말은 쉽게 하지만, 광신도가 그리 쉽게 신앙을 바꿀 리가 없지 않은가?

그러자 카르나크가 검지를 들어 올렸다.

손가락 끝에서 기다란 마력의 바늘이 솟구쳤다.

"그야 이렇게……."

그걸 그대로 사령술사의 정수리에 내리꽂는다!

"개! 심!"

푹!

사령술사의 눈깔이 빙그르 돌더니 게거품을 물며 사지를 파들파들 떨기 시작했다.

"뭐, 뭐 한 겁니까?"

"좋은 말씀 실시간 주입."

마력의 바늘을 통해 상대의 기억을 조작하는 것이었다.

어이가 없어 레번이 혀를 찼다.

"이게 무슨 개심입니까……."

"어쨌건 마음만 바꾸면 됐지, 뭘."

레번과 달리 바로스는 이런 광경을 질리게 봐 왔다.

눈 하나 깜빡하지 않고 태연히 묻는다.

"그럼 이자도 황혼의 교단 신도가 되는 겁니까?"

"거기까진 무리고."

억지로 주입한 기억이라 인격 자체를 바꿀 수는 없다.

"당장은 이런 꼴 당한 건 잊어버리고 무사히 도망쳤다며 좋아하겠지."

나중에 꿈이나 환청을 통해 조금씩 '세라칼 님의 신탁'을

접하며 천천히 세뇌될 것이다. 그리고 검은 신의 교단 내부에서 반기를 들게 되겠지.

"그렇게까지 잘 풀릴까요?"

"잘 안 풀려도 상관없거든."

내부에 저런 놈들이 박혀 있는 것만으로도 효과는 충분하다.

서로를 의심하게 만들 수 있으니까.

"안 그래도 점조직이라 소통 더럽게 안 되는데 서로를 의심까지 하게 되면 조직이 멀쩡히 굴러갈 리가 없잖아?"

그러니 씨를 뿌려 놓고 상황을 지켜본다.

싹이 잘 트면 좋은 것이고……

"씨앗이 말라비틀어져도 딱히 내가 손해 볼 건 없지."

군데군데 허물어진 커다란 강당 안쪽.

중년 사령술사가 양팔을 들어 올리며 고함을 지른다. 칠흑의 악령이 손짓에 따라 벽과 천장을 통해 솟아나온다.

"일어나라, 어둠의 종들이여. 죽음의 그림자를 내 적에게 드리워라!"

라케안어로 외친 것이지만 세라티 빼고는 다들 알아들었다.

그리고, 우습게도 그녀 역시 의미는 대강 이해할 수 있었다.

딱 망령 부를 때의 표정과 억양인 것이다.

'사령술사들 하는 말이 거기서 거기란 게 이런 소리구나.'

수십의 망령들이 일행을 덮쳐 온다.

이놈들은 자연적으로 출몰한 망령과 달리 사령술사가 적을 지정한 경우이기에 사법의 기만자도 통하지 않는다.

순수하게 힘으로 맞서 싸워야 했다.

"세라티! 바로스! 전면으로!"

오러로 신체를 강화한 두 사람이 밀려오는 망령들을 가로막는 벽이 된다.

"레번! 라피셀! 측면에서 흔들어!"

일류 전사인 두 사람이 빈틈을 메우며 사령술사의 집중력을 흩어 놓는다.

진영이 완성되자 카르나크가 마저 고함을 터트렸다.

"3분만 버텨!"

라케안어로 터트린 외침이었기에 사령술사 역시 알아들을 수 있었다.

상대가 코웃음을 쳤다.

"3분씩이나 갈 것 같으냐? 그 전에 모조리 해치워 주마!"

그래 놓고 1분도 채 지나지 않았을 때였다.

까아아아아!

귀곡성과 함께 카르나크 쪽에서도 온갖 망령들이 솟구쳤다.

망령과 망령이 뒤얽혀 공멸하기 시작했다.

이러고 나면 남는 건?

살기등등한 칼 쥔 자 4명과, 사령술 다 쓴 중년 아저씨 1명이다.

당황한 사령술사가 뒷걸음질 치며 억울해했다.

"3분이라더니!"

"적의 말을 믿냐?"

카르나크의 비웃음과 동시에 바로스의 육중한 펀치가 상대의 몸통에 꽂혔다.

"커억!"

사령술사가 소환한 망령들이 제멋대로 날뛰기 시작했다. 제어를 잃은 것이다.

상대의 멱살을 쥔 채 바로스가 살벌하게 말했다.

"저것들, 소환 해제해."

"하, 할 줄 모릅니다!"

애초에 적을 모두 해치우면 저절로 해제되는 방식의 사령술이었다. 도중에 해제하는 법은 배우지 않았다.

바로스가 혀를 찼다.

"할 줄도 모르는 걸 저질렀냐? 그러고도 제대로 된 사령술사……이긴 하네."

생각해 보니 매우 모범적인 사령술사였다. 뒷생각 안 하고 일단 저지르고 본다는 점에서 말이지.

다행히 소환 해제시키지 않더라도 큰 문제는 없었다. 카르나크가 부른 망령들이 소환된 망령들을 집어삼키며 상호 소멸되고 있었다.

결국 모든 망령이 강당에서 자취를 감췄다.

알리우스가 앞으로 나섰다.

대놓고 신성 주문을 쓰면 감지 결계에 걸리니까, 사전에 축복만 걸어 주고 뒤로 빠져 있었던 것이다.

"그럼 마저 진입하겠습니다."

뎀피스에게서 받은 정보와 현재 총독 보관소의 상태가 거의 달라진 게 없다는 점은 이미 확인했다.

굳이 이놈들을 심문하며 시간을 보낼 필요는 없다.

그러니 여태 했던 것처럼 세라티와 라피셀, 알리우스는 먼저 진입해 앞쪽을 살피고 카르나크와 바로스, 레번은 붙잡은 사령술사를 마비시킨 다음 뒤따라가는 것이다.

물론 진짜 이유는 이쪽이지만.

"어디 보자, 멀리 갔나?"

세 사람이 멀어진 걸 확인한 카르나크가 오른손을 들었다. 그리고 벌벌 떠는 사령술사의 정수리를 그대로 내리쳤다.

"개! 심!"

푸욱!

역시나, 상대의 눈알이 빙그르 돌면서 게거품을 물기 시작한다.

옆에서 지켜보던 바로스가 피식 웃었다.

"재미 붙이셨구만요?"

"사령술 안 쓰고 인간 기억을 건드릴 기회가 생각보다 많지 않거든. 이참에 임상 결과를 많이 뽑아 놓아야지."

"착하게 살기도 힘드네요."

"그러게 말이다."

레번은 연신 눈을 깜빡였다.

'뭔 소리야, 도대체?'

사람 대가리에 바늘 꽂아 기억 조작하면서 착하게 살기 힘들다니? 대체 무슨 말을 하는 건지 짐작조차 가지 않는다.

하지만 사실, 아주 틀린 말도 아니긴 했다.

저 대화 사이에 생략된 내용은 대충 이렇다.

사령술 안 쓰고 기억 조작하는 법을 연구해야 한다.

그러려면 최대한 많은 인간의 기억을 건드려 자료를 축적할 필요가 있다.

하지만 예전처럼 살지 않기로 했으니 죄 없는 인간들을 건드릴 순 없다.

그래서, 연구가 지체되는 걸 감수하면서까지 나쁜 놈들만 실험체로 쓰는 것이다!

"충분히 선량하고 올바른 연구자의 자세 아니냐?"

자신의 변화가 참으로 자랑스러운 카르나크였다.

당연히 레번은 눈만 깜빡거리고 있었지만.

"……네?"

✻

사령술사를 '개심'시킨 뒤 카르나크 일행은 재빨리 먼저 간
세라티 일행 뒤를 쫓았다.

방금 처리한 사령술사가 네 번째였다.

뎀피스의 정보에 따르면, 이곳에 더 이상 엘레자르가 배치
해 놓은 사령술사는 없다.

과연 몇 분 더 걸어가자 목적지가 나왔다. 두꺼운 화강암
으로 뒤덮인 커다란 석실이었다.

체감 시간을 계산하며 세라티가 말했다.

"생각보다 빨리 도착했네요."

"미리 다 알고 왔는데 당연하지."

느긋하게 대구하며 카르나크가 석문에 손을 얹었다. 그리
고 차분히 탐색을 시작했다.

"어디 보자……."

귀중한 유골의 보관소답게 석문은 강력한 사령술로 보호
되어 있었다.

내심 그는 안도의 한숨을 내쉬었다.

'다행이군. 마법으로 보호받고 있었다면 못 깰 수도 있었
을 텐데.'

대마법사 엘레자르의 마법이라면 아무리 카르나크라도 함부로 건드리기 힘들다.

다행히 이건 사령술이었다.

대마법사가 아니라, 그럭저럭 뛰어난 사령술사 엘레자르의 술법이란 소리다.

[이 정도면 깰 수 있지.]

손바닥을 통해 혼돈마력이 석문으로 스며들어 갔다.

사령 결계가 하나하나 해체되기 시작한다.

꽤나 시간이 걸리는 작업이었다. 지켜보던 레번이 물었다.

[혹시 엘레자르의 사령술은 그리 뛰어나지 않은가요?]

[원래는 마법사니까. 사령술이야 이류 수준이지.]

카르나크의 이류니 삼류니 하는 분석은 걸러 들어야 한다.

세라티가 재차 물었다.

[그게 마법으로 치면 어느 정도 수준인가요?]

[대강 9서클 정도?]

그제야 레번도 이 카르나크란 놈의 감각을 이해했다.

[우리 아버지 같은 분류법이군요.]

[갤러드 경도 이따위예요?]

[네. 무왕급이 일류, 은검기의 경지가 이류, 나머지는 그냥 다 삼류요.]

[……잘난 인간들은 왜 하는 짓이 비슷한 걸까요?]

한편 라피셀은 혼란스러워하고 있었다.

'세라티 언니가 이번엔 레번 경이랑 눈이 맞고 있다?'

자기들끼리야 열심히 떠들고 있겠지만, 외부에서 볼 땐 그저 서로 죽어라 눈빛만 교환하고 있을 뿐이다.

'저게 말로만 듣던 어른들의 사정이라는 건가 보다!'

애매하게 애들 정서 교육에 안 좋은 일행이라 하겠다.

그러는 동안 석문에 걸린 사령술이 완전히 풀렸다.

힘을 쓸 필요도 없이 석문이 저절로 미끄러지며 열린다.

쿠쿠쿠쿵.

내부는 평범했다. 아니, 평범하다 못해 단출하기까지 했다.

아무 장식도 없는 벽과 천장 그리고 바닥으로 이루어진 네모반듯한 석실이었다.

석실의 중앙에 단순한 형태의 제단이 위치하고 그 위에 뒤섞인 유골들이 한 무더기 놓여 있다.

제단 위를 살피며 알리우스가 중얼거렸다.

"이것이 옛 마법사의 유골인 듯하군요."

그는 유골의 정체를 모르지만 다른 이들은 안다.

세라티가 전언으로 중얼거렸다.

[이들이 네크로피아 제국의 남은 세 총독들인가요?]

바로스가 쓴웃음을 지었다.

[이 친구들을 이런 모습으로 보니 기분이 묘하네요.]

다른 이들에겐 그저 뼈 무더기일 뿐이지만, 그에겐 한때

직장 동료(?)였으니까.

그렇게 중앙의 제단을 살필 때였다.

"어?"

템피스가 부활했으니 이제 이 자리에 남아 있는 유골은 3인분이어야 할 터.

그런데 두개골의 숫자가 부족했다.

"……2구밖에 없는데요, 도련님?"

인상을 쓰며 카르나크는 뼈의 숫자를 셌다.

틀림없었다. 여기 놓인 유골은 두 사람 분량이었다.

아니, 그 전에 두개골이 2개밖에 없으니 고민하고 자시고도 없겠지만.

"말레피쿠스 던전의 정보가 조금 틀렸던 모양이군요."

알리우스가 석실 안쪽을 가리켰다.

"다른 쪽도 조사해 보겠습니다."

주위를 둘러보며 레번이 인상을 썼다.

"조사할 것이나 있나 모르겠습니다만……."

워낙 단순한 석실이라 뭔가를 숨길 정도로 복잡한 구조가 아니다.

"비밀 공간 같은 게 있을지도 모르잖습니까?"

"그건 그렇군요."

일행이 뿔뿔이 흩어져 벽이며 바닥 등을 두들겨 보기 시작했다.

그동안 카르나크는 차분히 생각을 정리했다.

'역시 뎀피스도 이것까진 미처 몰랐나 보군.'

뎀피스 본인도 말하지 않았던가? 어지간히 소통 안 된다고.

유골 더미를 바라보며 세라티가 중얼거렸다.

"대체 누가 부활한 걸까요?"

딱히 질문한 게 아니라, 그냥 무심코 흘린 독백이었다.

그런데 대답이 돌아왔다.

[말로카. 예전 제국 동쪽을 맡겼던 총독이야.]

놀란 세라티가 눈을 휘둥그레 떴다.

[그걸 어떻게 아세요, 카르나크 님?]

[보면 알아.]

[뼈밖에 안 남았는데요?]

[덕분에 더 알아보기 쉽지.]

바로스가 옆에서 끼어들었다.

[세라티 경은 사람 얼굴 보면 누군지 구별이 가죠? 그런 거예요.]

인간은 외모를 보고 상대를 알아본다.

그런데 아크 리치는 두개골이 곧 '외모'인 것이다.

[언데드 계열은 뼈랑 내장도 외면에 속하는 경우가 많아서 말입니다. 오히려 피부 가죽 온전한 경우가 더 적지요.]

심지어 카르나크의 경우엔 사람 얼굴 구별하는 쪽을 더 어려워할 지경이었다. 해부된 쪽이 더 알아보기 쉽다나?

[세상에……]

기가 막혀 세라티는 말문을 잃었다.

사람 얼굴보다 해부한 쪽이 더 알아보기 쉽다니, 대체 얼마나 끔찍한 인생을 살아야 저렇게 된단 말인가?

[저 양반이 괜히 사령왕 소릴 들은 게 아니죠.]

그동안 알리우스도 석실 조사를 마쳤다.

"역시나 숨겨진 비밀 공간 같은 건 없군요."

"괜찮습니다. 수확이 없는 것도 아니고."

카르나크가 손짓하자 바로스가 남은 유골, 서부 총독 칼라프와 북부 총독 티라파트를 거뒀다.

[말로카 쪽은 어떻게 하시려고요, 도련님?]

[뎀피스랑 다시 연락해 봐야지.]

아무리 뎀피스가 9서클의 마스터라도 이 머나먼 제국까지 연락이 닿을 순 없다.

카르나크가 일행을 돌아보며 손짓했다.

"볼일 다 끝났다. 드룬타로 돌아가자."

던전을 빠져나가는 일은 별문제가 없었다.

중간에 알리우스가 발작한 것만 제외하곤.

"헉! 이놈들 다 도망갔어!"

제압해 놓았던 사령술사들이 그새 모습을 감춘 것이다.

카르나크가 입에 침도 안 바르고 변명을 늘어놓았다.

"이런, 걸어 놓은 마법이 조금 부족했던 모양이군요. 제 불찰입니다."

이미 놓친 놈들, 더 따져 봐야 무엇 하겠는가.

그냥 아쉬워하며 알리우스도 넘어갔다.

이후 산맥을 내려가 파사의 여단과 합류한 뒤 총독 보관소 에 대한 정보를 남겼다.

이를 바탕으로 사교도 소탕을 하는 건 저들의 몫이었다.

모든 일이 끝나자 카르나크 일행은 귀로에 올랐다.

제국 서부를 지나 바라칸트 산맥을 넘어 막 관문 도시 스 원들러에 도착했을 때였다.

낯익은 한 무리가 카르나크를 기다리고 있었다. 유스틸 킹 스 오더 7대원 중 일부였다.

"카르나크 대장!"

"아니, 대장이 아니지, 이제?"

"부단장님, 큰일 났습니다!"

카르나크 일행이 자리를 비운 동안, 유스틸 왕국에 엄청난 일이 터졌다고 한다.

"검은 신의 교단이 대대적인 반란을 일으켰습니다!"

"세력이 보통이 아닙니다! 이미 북부의 영지 중 한 곳이 점령당했고 희생자도 수없이 나왔습니다!"

의외로 카르나크는 크게 놀라지 않았다.

"너희들을 여기서 본 시점에서 큰일인 줄은 알았어."

어차피 드룬타로 돌아가면 얼굴 볼 텐데 그걸 못 참고 여기까지 찾아왔다고? 어지간히 큰일이 아니고서야 이럴 리가 없다.

"그런데 그게 여기까지 날 찾아올 일이었나?"

과연, 이들이 서둘러 그를 찾은 이유가 있었다.

"점령당한 영지가 제스트라드 남작령입니다."

"……뭐?"

우리 동네 아크 리치

구름이 잔뜩 낀 흐린 날씨였다. 봄이 왔다지만 북부 지방에는 아직 겨울의 자취가 남아 있었다.

그 황량한 들판 가득, 죽음이 형태를 이룬 채 몰려온다.

으으…….

으으으…….

반쯤 썩은 좀비 무리가 음울한 신음을 흘리며 걸음을 옮긴다.

뼈만 남은 스켈레톤들이 창칼을 들고 삐걱삐걱 진군한다.

더러운 체액을 흘리는 구울들이 어슬렁거리며 뒤를 따른다.

"맙소사……."

그 모습을 지켜보던 유스틸 왕국군의 기사, 셀바트 경은 신음을 흘렸다.

"……안식에 들었어야 할 이들이 어찌 대지를 걷고 있단 말인가."

그는 왕국 북부 프라트 영지의 하급 귀족 출신으로, 실전은 이번이 처음이었다.

비교적 부유한 집안에서 태어나 스물이 될 때까지 검술 수행만 하다가 얼마 전 기사로 임명되어 첫 출전한 경우인 것이다.

하지만 공포에 굴복할 순 없었다.

그에겐 이끌어야 할 병사들이 있다. 자신이 공포에 질리면 저들의 사기는 누가 책임진단 말인가?

"하토바시여, 제게 꺾이지 않는 용기를 주소서……."

애써 투지를 끌어내며 병사들을 돌아볼 때였다.

몰려오는 언데드 군세를 보며 수군거리는 병사들의 대화가 들렸다.

"아따, 저놈들 많이도 몰려오네."

"얼굴 아는 시체 있나?"

"없어 뵈는데."

"이번엔 속 편하게 썰 수 있겠군."

셀바트는 당황했다.

어쩐지 병사들은 저 현실에 펼쳐진 지옥도를 보고도 별 반응을 보이지 않는 것 같았다.

"……자네들은 저 괴물들이 두렵지 않은가? 어찌 그리 태연하단 말인가?"

부관들이 뭔 얼토당토않은 말이냐는 듯 대꾸했다.

"안 태연한데요."

"무서운데요."

"그런 표정들이 아닌데?"

이해가 가질 않는다.

기사로서 수행을 쌓은 자신도 시체들이 움직이는 광경에 오금이 저릴 지경이거늘 어찌 일개 병사들이?

그러자 부관들이 쓴웃음을 지었다.

"아, 그야……"

"요새 시체가 돌아다니는 건 워낙 흔한 일 아닙니까?"

개나 소나 사령술사, 동네방네 스켈레톤이 요즘 트렌드다.

셸바트 경이 워낙 경험이 없어서 그렇지, 어지간히 칼 밥 먹고사는 인간이면 언데드와의 전투는 슬슬 익숙해진 것이다.

"물론 그래도 무서운 건 무서운 거죠."

"다들 허세만 늘었지, 쯧."

고소를 머금은 채 부관들이 칼자루에 손을 가져갔다.

언데드 군세와의 거리가 점점 가까워지고 있었다.

잠시 후 기다리던 신호가 울렸다.

부우우웅!

진군의 뿔피리 소리였다.

"갑시다요, 기사님!"

"아, 알았다!"

셀바트 경이 검을 빼 들며 박차를 가했다.

동시에 진영의 선두를 차지한 기사들의 기마대가 일제히 적진으로 달려가기 시작했다.

언데드 군대와 유스틸 왕국군이 격돌하며 함성과 비명이 터져 나왔다.

※

대규모 전투가 벌어지는 들판 후방의 한 나지막한 구릉 중턱에 천막 하나가 설치되어 있었다.

꺼진 모닥불 위로 솥 2개가 걸려 있는 게 전부인 허름한 천막.

얼핏 거지 움막처럼 보이는 이곳이 바로 수천에 달하는 언데드 군대의 본진이자 보급창이었다.

언데드는 밥을 먹을 필요도, 잠을 잘 필요도 없다. 사령술사들이 꾸준히 권능을 부여하기만 하면 쉴 새 없이 움직인다.

즉, 사령술사들의 식량과 잠 잘 곳 정도만 챙기면 모든 보급이 끝나는 것이다.

전쟁에서 보급이 얼마나 중요한지, 보급선을 유지하는 것이 얼마나 까다로우며 승패를 좌지우지하는지는 굳이 설명할 필요조차 없을 정도다.

그러니 이는 살아 있는 자들과의 전투에서 너무나도 우월한 특성이거늘……

"밀리고 있군."

칠흑의 로브를 걸친 해골이 전장을 노려보며 턱을 매만졌다.

유리해야 할 언데드 군세가 오히려 인간 군대에게 밀리고 있었다. 인간들이 지나치게 잘 싸우는 탓이었다.

"불 붙여, 불!"

"성수 뿌려, 성수!"

"저것들 칼 맞아도 꼼짝도 안 하잖아? 그만큼 감각이 둔하단 소리다! 시야 가리고 파고들어!"

"알겠습니다, 대장!"

눈앞에서 반쯤 썩은 시체가 흉측한 몰골을 들이대는데도 눈도 깜짝하지 않는다.

그냥 평범한 전투를 벌이듯 노련하게 싸움을 이어 간다.

해골이 고개를 저었다.

"나 원 참, 요새 인간들은 왜 저렇게 언데드에 익숙하지?"

물론 그는 해답을 알고 있었다.

종말의 어둠이 퍼진 지도 어언 5년이 넘었다. 대륙 곳곳에서 시체와 마물이 들끓게 된 지도 동일한 시간이 지났단 소리다.

문제는 저 종말의 어둠이 지나치게 자잘하게 퍼져 나갔다는 점이다.

처음부터 마을 전체, 도시 전체가 통째로 죽음의 땅이 되거나 했다면 아무리 흔한 일이라 해도 저리 쉽게 익숙해질 리가 없다.

하지만 동네마다 종말의 어둠 소유자가 한둘씩 듬성듬성 나타나서, 각자 좀비며 스켈레톤 대여섯 마리씩 듬성듬성 몰고 다니다 격퇴당하는 일의 반복이다.

소규모로 조금씩 접촉하게 되니 인간들도 그만큼 적응할 여유를 얻은 것이다.

검은 신의 교단도 저 사실을 모르는 바 아니었지만 어쩔 수 없이 감내해야 했다.

종말의 어둠이 분산되어 뿌려지는 것 자체가 테스라낙이 세운 계획의 일부였으니까.

그러는 동안에도 전선은 계속 후퇴하고 있었다.

이대로라면 본진까지 밀릴 듯하다.

"아무래도 어둠의 권능을 좀 더 부여해야 할 것 같은데……."

중얼거리며 해골이 곁에 서 있는 5명의 사령술사들을 바라보았다.

그들은 전원 식은땀을 흘리며 머리 위로 검은 영기를 피우는 중이었다.

"크, 크윽!"

"헉! 허억, 헉!"

해골이 심드렁하게 물었다.

"많이 힘든가?"

"아, 아닙니다!"

"아니긴 뭐가 아닌가? 힘든 티가 역력한데."

분명 언데드는 보급이 따로 필요하지 않다. 하지만 그렇다고 저절로 움직인다는 소리는 아니다.

세상에 공짜는 없는 것이다.

보급이 필요하지 않다면, 그에 맞먹는 다른 자원을 잡아먹을 수밖에.

인간 군대가 너무 잘 싸운 탓에 언데드 군세를 움직이는 사령술사들의 사령력이 예상보다 일찍 소진되었다.

"결국 또 내가 나서야 하나?"

해골이 로브 안에서 황금 지팡이를 꺼내 들었다.

"이럴 거면 군대가 대체 왜 필요한 건지 모르겠군."

사령술사들이 송구스러워하며 고개를 숙였다.

"죄, 죄송합니다!"

"부탁드립니다, 말로카 님!"

지팡이를 쥔 해골, 말로카가 허공으로 떠오르기 시작했다. 전신에서 막대한 암흑의 권능이 폭풍처럼 피어오른다. 어둠이 먹구름처럼 사방을 뒤덮으며 뻗어 나간다.

마치 검은 태양이 떠올라 사방으로 검은 햇살을 뿌리는 듯한 광경이었다.

그 모습을 본 기사들이며 병사들이 경악해 소리쳤다.

"놈이다!"

"아크 리치가 나타났다!"

칠흑의 로브 자락을 휘날리며 아크 리치가 전장의 하늘을 유영한다.

어둠이 흐느끼는 악령처럼 허공 여기저기로 흘러내린다.

전장의 병사들을 내려다보며 말로카는 지팡이를 겨눴다. 황금 지팡이 끝에서 거대한 불길이 일었다.

"불어라, 화염의 폭풍이여."

불길이 커지고 또 커지며 소용돌이가 되어 사방으로 퍼진다.

소용돌이가 대지와 하늘에 닿아 그 위세를 점점 더 떨쳐간다.

콰콰콰콰콰!

동시에 발치의 땅을 향해 뼈만 남은 손가락을 내민다.

"퍼져라, 부식의 대지여."

한 줄기 검은 빛이 허공에서 내리꽂히더니 이내 땅속으로 파고든다.

한 점을 중심으로 자욱한 연기와 함께 독성 가득한 연기가 퍼져 나간다.

하늘에는 불길, 땅에는 저주.

사방을 뒤덮은 저 유형화한 죽음 앞에 병사들의 허세 따윈 간단히 날아갔다.

"으아아악!"

"피해!"

"어디로?"

물론 유스틸 왕국군도 얌전히 당하고만 있는 것은 아니다.

"마법사단! 반격하라!"

마법사 열댓 명이 정렬해 일제히 완드를 내밀며 마법을 가한다. 푸른빛의 마력 방어장이 불꽃 소용돌이를 거칠게 밀어낸다.

반대쪽에선 대지의 여신 하토바를 섬기는 신관들이 광범위한 축복의 빛을 뿌린다.

"하토바여, 이 땅을 정화하소서!"

빛이 썩어 가는 대지를 훑을 때마다 독연이 가라앉고 공기가 도로 맑아진다.

허공에서 지켜보던 말로카가 고개를 끄덕였다.

"과연 대응을 잘하는군."

다들 언데드와의 전투에 충분히 익숙해 보였다.

하지만…….

"크윽?"

"무, 무너진다!"

얼마 버티지 못하고 불의 소용돌이가 마력 방어장을 찢어 발겼다. 대지의 독연 역시 빛을 가리며 다시금 부식의 영역을 넓혀 갔다.

마법사들과 신관들이 당황하며 식은땀을 흘렸다.

"왜, 왜지?"

"우리가 뭘 실수한 거지?"

허공에서 그 모습을 지켜보던 말로카가 희미한 웃음소리를 흘렸다.

"실수한 건 없지."

그럼에도 이런 결과가 나온 이유는 간단하다.

"그저 그대들이 이 몸보다 약할 뿐."

불길과 저주가 유스틸 왕국군을 싹 쓸고 지나갔다. 사방에서 비명과 아우성이 울려 퍼졌다.

"으아아악!"

"아으으으……."

그나마 비명을 터트릴 수 있는 자들은 행복한 이들이었다.

아직 살아 있다는 증거니까.

"일어나라, 나의 군세여."

죽어 버린 병사들은 안식조차 얻지 못한다.

"위대한 테스라낙의 이름으로 명하노니……."

사악한 어둠에 희롱당하며 강제로 일으켜 세워질 뿐.

"산 자를 지우고 그 자리에 죽음을 채워 넣어라!"

방금 전까지 동료였던 이들이 창과 칼을 움켜쥐고 아군을 공격하기 시작했다.

"저 빌어먹을 괴물 놈……."

이대로라면 결과는 눈에 보듯 뻔하다.

유스틸 왕국군 지휘관, 로첸트 경은 분루를 삼키며 퇴각 신호를 보냈다.

"후퇴, 후퇴하라!"

물러서는 왕국군을 노려보며 말로카도 지팡이를 거뒀다.

"오늘은 여기까지인가."

굳이 저들을 뒤쫓을 필요까진 없다.

어차피 영토 정복이 목적인 것도 아니다. 중요한 건 제스트라드 영지에 버티고 있는 것뿐.

아크 리치가 허공에서 몸을 돌렸다.

"기다리다 보면 그놈이 나타나겠지."

＊

킹스 오더에서는 일부러 관문 도시 스윈들러까지 카르나

크 일행을 마중 나왔다. 워낙 사안이 시급했기 때문이다.

수도 드룬타는 유스틸 왕국 중남부에 위치한다. 반면 바라칸트 산맥은 왕국 북동부, 제스트라드 영지는 북서부 지방이다.

만약 카르나크 일행이 아무것도 모르고 있었다면 일정대로 수도로 귀환했을 것이고, 그럼 거기서 다시 북쪽으로 머나먼 길을 떠나야 하는 것이다.

다행히 제때 상황을 전해 들은 덕에 일행은 곧바로 북으로 향했다.

빠른 말을 타고 최대한 달려 평소의 절반 정도인 나흘 만에 북부 최대의 도시, 데라트 시티에 도착할 수 있었다.

도시엔 이미 제스트라드 영지를 탈환하기 위해 3천의 왕국군이 집결해 있었다.

저들을 이끄는 지휘관이 킹스 오더의 단장 에란텔과, 유스틸 왕국에서도 손꼽히는 마법사인 8서클의 테오데릭이었다.

"드디어 왔구먼, 카르나크 경."

"대체 이게 무슨 상황인 겁니까, 단장님?"

오면서 물어보긴 했지만, 마중 나온 킹스 오더 역시 아는 것이 전혀 없었다.

그저 검은 신의 사교도들이 카르나크의 영지를 점령했다는 것이 그들이 가진 정보 전부였다.

그래서 데라트 시티까지 오면 이유를 확인할 수 있을 줄 알았는데…….

"그게 바로 우리가 시급히 자네를 부른 이유일세."

어째 에란텔 단장도 마찬가지인 모양이었다.

"관련 영지의 영주이니 당연히 불러야 하지만, 그 외에도 자네가 아니고서는 답할 수 없는 부분이 있어서 말이야."

사교도가 영지를 점거하거나 하는 것은 딱히 이상한 일이 아니다. 의외로 여기저기서 사교도들이 난을 일으키고 토벌 당하곤 한다.

하지만 제스트라드 영지는 사정이 달랐다.

결코 평범한 사교도 따위가 아니었다.

"현재 자네 영지를 점령하고 있는 건 전설에나 나오던 괴물, 아크 리치라네."

리치(Lich).

강력한 마법사가 어둠의 힘으로 죽음을 회피하고 언데드로 바뀐 존재를 뜻한다.

원래는 과거 수명이 다했던 한 대마법사가, 언데드가 되어서라도 계속 마법의 길을 걷겠다면서 창안한 사령술이었다.

하지만 정작 만들어 놓고 보니 기대했던 효과는 없었다.

사령술을 익히면 정작 마법은 쓰지 못하는 것이다.

기존에 익혔던 마법을 사령술로 바꿔 사용할 순 있어도, 마나 자체를 다룰 순 없게 되니까.

리치가 된 대마법사는 자신의 어리석음을 저주하며 그냥 피안으로 돌아갔고, 사악한 술법만 남아 사령술사들 사이에서 은밀하게 전해져 내려왔다.

이후 스스로를 바꾸는 리치화 술법은 마법사의 영혼을 강령시켜 일으키는 방식으로 변했다. 그에 따라 종종 옛 마법사들이 리치가 되어 세상에 모습을 드러냈다.

"개중에서도 특히 강력한 존재를 아크 리치라고 부른다네."

카르나크 일행을 앞에 둔 8서클의 마법사, 테오데릭은 차분히 말을 이었다.

"사실 리치와 아크 리치의 술법 자체는 완전히 동일해."

마법사의 영혼을 강령할 수만 있다면 리치화 술법은 쓸 수 있다.

즉, 1서클의 마법사도 리치가 될 수는 있단 소리다.

그런 바보짓을 하는 사령술사 따윈 어디에도 없지만.

왜 엄청난 자원을 들여 써먹을 수도 없는 언데드를 만든단 말인가?

그래서 보통 리치라 하면 최소 7서클 이상의 기량은 지니고 있기 마련이었다.

그쯤은 되어야 투자한 사령력 이상의 결과를 기대할 수 있을 테니까.

"리치가 되어 일어난 마법사가 9서클 이상이라면, 아크 리치라고 따로 칭하는 것이지."

카르나크가 감탄하며 대꾸했다.

"그렇군요. 리치와 아크 리치에 그런 차이가 있는 줄은 처음 알았습니다."

당연히 거짓말이었다.

왕년의 사령왕이 저런 기초적인 사령술 이론을 모를 리가 있나?

그럼에도 표정이 매우 자연스럽다.

예전부터 사람들 앞에서 뻔뻔하게 연기한 경험은 많았거든.

덕분에 테오데릭도 어색함을 느끼지 못하고 설명을 이어 갔다.

"9서클의 마법사를 리치로 일으켜 세울 정도면 정말 엄청나게 강력한 사령술사라는 의미라네. 기나긴 대륙의 역사 속에서도 그런 존재는 극히 드물지."

그래서 여태까진 아크 리치의 실존 여부 자체를 의심하고 있었다.

그런데 현재 제스트라드 남작령을 점령한 리치는 자유자재로 9서클 마법을 구사하고 있는 것이다.

"틀림없어. 우리의 적은 최강의 언데드라는 아크 리치야."

중년 마법사가 깊은 한숨을 쉬었다.

상대가 상대이니만큼 암담한 심정인 듯했다.

곁에서 설명을 듣던 세라티가 문득 물었다.

"9서클 이상이 아크 리치라면, 10서클의 대마법사가 리치가 되는 경우도 있나요?"

"이유는 모르겠지만, 10서클의 대마법사들이 리치가 된 경우는 한 번도 없다네. 그러니 9서클의 리치는 현실적으로 최강의 언데드라 할 수 있겠지."

'이유를 모른다라······.'

이럴 땐 물어보기만 하면 자동으로 답이 나오는 편리한 작자가 1명 있다.

[이유가 뭐예요?]

과연 카르나크는 그녀를 실망시키지 않았다.

[별건 아니고, 대마법사의 영혼쯤 되면 피안으로 건너간 후 너무 빠르게 사라져 버려서 그래.]

10서클을 추구하는 과정에서 마나의 흐름과 지나치게 동화되어 반쯤 인간의 영역을 벗어나는 것이다.

대마법사 스스로 자신을 리치화할 순 있어도, 남이 리치로 만들 순 없다.

[그래서 나도 산 대마법사는 잡아다 노예로 부릴 수 있었지만 죽은 대마법사는 써먹지 못했지.]

[다행이네요, 과거의 대마법사들이 리치로 되살아나 10서클 마법 난사하는 꼴은 안 봐도 돼서.]

[아, 그게 다행인 거구나?]

[네?]

[난 과거의 대마법사들 영혼은 못 부려 먹으니 아쉽다고만 생각했었거든. 앞으론 나도 다행이라고 여겨야겠네.]

[……조금씩 나아지시긴 하네요.]

하여튼, 상대는 틀림없는 아크 리치였으며 심지어 검은 신의 교단 소속이기까지 했다.

증거도 있었다.

"놈은 여타 리치와 다르게 순수 마법과 사악한 힘을 함께 구사하고 있어. 사교도 특유의 수법이지."

검은 신의 교단이 양립할 수 없는 마나와 오러, 신성술을 사령술과 함께 사용한다는 건 슬슬 세간에도 알려져 있다.

"제스트라드 탈환군이 이 아크 리치, 말로카에 의해 두 번이나 패퇴했다네. 그래서……."

그때였다.

말없이 듣고 있던 레번이 무심코 중얼거렸다.

"……말로카라고요?"

에란텔이 놀라 물었다.

"혹시 아는 이름인가?"

여전히 표정은 그대로인 채 카르나크가 전언으로 타박을 날렸다.

[아는 척을 하면 어떻게 해, 레번?]

[죄, 죄송합니다.]

분명 카르나크와 바로스는 연기에 능숙하다. 수십 년을 그러고 살았으니까.

세라티도 근묵자흑이라고, 그동안 슬프게도 물이 많이 들었다.

하지만 레번은 아직 어울린 시간이 짧은 것이다. 아무래도 상대적으로 순진하다.

"혹시 상대의 정체에 대해 아는 바가 있나, 레번 경?"

"그, 그게……."

에란텔의 추궁에 레번이 쩔쩔맬 때였다.

[나한테 들었다고 해.]

"카, 카르나크 님에게서 들은 이름이라서 말입니다."

에란텔과 테오데릭의 시선이 카르나크에게로 향했다. 그가 태연하게 되물었다.

"혹시 제국의 옛 왕실 마법사 중에 그런 이름이 있지 않았습니까?"

두 사람이 고개를 갸웃거렸다.

"그런 기록도 있었나? 난 모르는 사실일세."

"자네는 용케 그런 걸 알고 있군?"

말로카가 라케아니아 제국의 옛 왕실 마법사 출신인 것은 사실이다. 카르나크 본인이 강령술로 영혼을 끌어왔으니 모를 리가 없다.

하지만 모르는 척 시치미를 뚝 뗀다.

"달라스의 마도서에서 스쳐 지나가듯 읽은 정도입니다. 레번 경에게도 스쳐 지나가듯 언급한 적이 있고요."

두 사람 다 납득할 만한 대답이었다.

"그렇군."

"자넨 달라스 공의 후예였지?"

에란텔이 한숨을 쉬며 중얼거렸다.

"테오데릭 공이 설명한 대로 상대는 델트로스 님에 필적하는 강력한 마법사일세. 심지어 언데드이기까지 하지."

그런 괴물이 만약 수도로 진군하기 시작하면 실로 끔찍한 재앙이다. 국가의 존속이 위태로울 수도 있다.

그런데 진군을 안 한다.

제스트라드 남작령에 눌러앉은 채 몰려오는 탈환군을 차례로 격퇴할 뿐.

"무슨 일인지 짐작 가는 바라도 있는가, 카르나크 경?"

꺄

카르나크는 내심 쓴웃음을 지었다.

'짐작 가는 게 있냐고?'

물론 있다.

'역시 저쪽 레번을 놓친 게 문제가 됐군.'

미래의 레번이 카르나크의 진짜 정체를 알아차렸을 리는

없다. 그러니까, 왕년에 사령왕이었다는 사실을 말이지.

하지만 충분히 경계해야 할 대상이란 건 인지했을 터였다.

일반적인 사령술사에겐 불가능한 묘기를 선보였으니까.

그래서 카르나크도 어느 정도 황혼의 교단을 키우고 나서 바로 제국으로 향했던 것이다.

자신이 유스틸 왕국을 떠난다면 저쪽도 따라올 것이고, 그 와중에 뭔가 흔적을 드러내리라 생각했다.

그런데 뜬금없이 제스트라드 영지를 인질로 삼을 줄이야.

[뜬금없다고 할 정도는 아니지 않아요?]

이해가 안 간다며 세라티가 물었다.

[설마 인질극을 예상하지 못한 건 아니실 테고.]

[어, 그게 실은, 진짜로 예상을 못 했어.]

정확히는, 누군가가 자신에게 인질극을 걸 수도 있다는 사실 자체를 상상하지 못했다.

평생 '인질'이 될 만큼 약하고 가치 있는 존재를 둔 적이 없었으니까.

[아니, 그럼 카르나크 님과 싸운 자들 중 인질을 이용한 이가 1명도 없었다고요?]

[그건 아니고.]

정확히는 상대가 인질극을 걸 경우 오히려 역이용했다.

인질 구출하는 척하며 적의 주력을 함정으로 유인한 다음에 역습해 궤멸시키든가 하는 식으로.

인질을 무시하는 정도가 아니라, 오히려 좋은 기회라며 미끼로 써 버린 것이다.

[······그럼 인질은요?]

[다 죽었겠지?]

심지어 다 죽었다도 아니고 죽었겠지란다.

[정말이지 인질의 생사에는 아무 관심도 없으셨군요······.]

항상 이런 식이었으니 나중에는 아무도 그에게 인질극 같은 걸 걸지 않았다.

[하지만 이젠 예전처럼 살 수 없으니 구하긴 구해야겠지?]

거참, 살다 보니 별짓을 다 해 본다는 생각이 든다.

동료 구하기에 이어 인질 구하기까지 하게 될 줄이야.

[와, 나 진짜 인간 되어 가는 것 같다.]

세라티도 이번엔 솔직히 칭찬해 주었다.

[네, 이 정도면 잘하시는 거 맞죠.]

그동안 에란텔과 테오데릭은 여전히 카르나크의 대답을 기다리고 있었다.

세라티와 전언을 나누는 그 모습을, 침묵한 채 생각에 잠긴 것으로 인식한 것이다.

그걸 보며 카르나크는 내심 웃었다.

물론 그는 진실을 알고 있다. 하지만 그걸 입 밖으로 꺼낼 순 없다.

─제가요, 유례없는 굉장한 사령술을 쟤들 앞에서 선보였거든요? 아마 그것 때문에 놀라서 절 찾는 것일 겁니다.

이렇게 말했다간 참 좋은 대접 받겠지.

영지를 공격받을 것이란 생각은 미처 못 했지만 자신을 노릴 거란 예상은 일찌감치 하고 있었다. 그래서 오면서 미리 변명도 준비해 두었다.

카르나크가 천천히 입을 열었다.

"글쎄요, 두 가지 경우 중 하나겠지요."

첫 번째는 제스트라드 남작령 자체가 목적인 경우.

카르나크의 영지 내에 사교도들에게 중요한 무엇인가가 있어, 이를 발굴하거나 조사하기 위해 점령하고 있는 경우다.

"어쩌면 구리 광산이 목표일지도 모르겠군요."

"왜 그렇게 생각하지?"

"저희 구리 광산을 관리하고 있는 테카스 상회가 사교단과 연관이 있을지도 모르기 때문입니다."

드룬타 지부 사건으로 인해 카르나크는 진작부터 테카스 상회에 의심의 눈초리를 보내고 있었다.

"그래서 알타스 상회를 통해 따로 뒷조사를 하고 있었습니다. 딱히 발견한 건 아직 없습니다만."

두 번째는 카르나크 자체를 노리는 경우였다.

"솔직히 이건 그리 가능성이 높진 않습니다. 제가 뭐 대단한 인간이라고 아크 리치씩이나 되는 괴물이 나서겠습니까?"

그럼에도 저들이 카르나크 본인을 노리는 것이라면…….

"제가 전수받은 마법이 문제겠지요."

카르나크가 구사하는 대사령술사 전용 마법, 사법 시리즈.

달라스가 남겼다는 이 희대의 마법들은 지금도 청은의 마탑을 통해 각국의 마법사들에게 전해지고 있다.

"어쩌면 사교도들에겐 꽤나 눈엣가시로 느껴졌을 수도 있지 않겠습니까? 물론 아크 리치가 나서야 할 정도인지는 모르겠습니다만."

일부러 겸손한 척하며 카르나크는 설명을 마쳤다.

에란텔과 테오데릭이 손을 저었다.

"아니야."

"상당히 그럴듯한 이야기일세."

문제는 둘 다 그럴듯하다는 점이었다.

상대의 노림수가 무엇인지 확실히 파악해야 한다. 그래야 앞으로의 전략을 제대로 짤 수 있다.

"확인하려면 방법은 하나밖에 없겠군요."

고민하는 두 사람을 향해 카르나크가 어깨를 으쓱였다.

"제가 미끼가 되어 적을 유인하는 수밖에."

에란텔이 놀라 카르나크를 바라보았다.

"괜찮겠나? 위험한 일이야!"

"제 영지, 제 영민들이 걸려 있는 일입니다. 영주로서 책임을 다해야 하지 않겠습니까?"

참으로 귀족다운 태도였다. 테오데릭은 새삼 감탄했다.

'젊은 나이답지 않게 심지가 굳고 생각이 깊은 청년이로다!'

당연히 이번에도 세라티는 경계심 가득.

[뭐예요? 뭔 짓을 하시려고 제대로 된 소리를?]

바로스는 묘하게 서운한 표정이었다.

'요즘은 세라티 경이 도련님 구박을 너무 잘해서 내가 할게 없네.'

데라트 시티에 위치한 카르나크의 단골 여관.

에란텔과의 회의를 파한 뒤 일행은 이곳에 짐을 풀었다.

아, 알리우스 빼고.

그는 신전으로 돌아가 신나게 깨질 운명이었다.

데라트 시티에서 제일 교세가 큰 여신교단이 하토바 교단이고, 알리우스는 이 일대를 전부 책임지는 특급 심문관이다.

그 특급 심문관이 하필 자리를 비웠을 때 이런 사달이 터진 것이다!

카르나크와 바로스가 혀를 찼다.

[쯧쯧, 알리우스도 고달프겠어.]

[타이밍이 안 좋았죠, 뭐.]

건너편 자기 방 침대에 기대앉은 세라티가 전언을 날렸다.

[그나저나, 진짜로 미끼가 되실 생각이에요?]

벽을 통해 카르나크의 전언이 돌아왔다.

[그쪽이 일이 편해지니까.]

현재 카르나크 일행은 남녀로 나뉘어 각자 방을 쓰고 있었다.

그럼에도 서로 간의 소통에 하등 지장이 없다.

마법 전언의 좋은 점이 이것이다. 사정거리 안쪽에만 있으면, 중간에 벽 같은 것이 있건 말건 얼마든지 대화가 가능하다는 것.

덕분에 세라티도 옆 침대에 라피셀을 재운 채 느긋하게 비밀 이야기를 나누는 중이었다.

카르나크가 전언을 이었다.

[저놈들이 노리는 건 나야. 내가 미끼로 나서건 말건 결과는 달라지지 않는다고.]

말로카의 움직임을 보면 에란텔이나 테오데릭도 이내 그 사실을 눈치챌 터였다.

카르나크가 몸을 사리려 해도 어차피 미끼 역할은 시키게 되어 있다는 소리다.

그럴 바엔 적극적으로 나서는 쪽이 전략을 짤 때 주도권을 잡을 수 있다.

[영민들도 구해야 하니까, 아무래도 내가 직접 상황을 주

도하는 쪽이 편하겠지.]

레번이 대화에 끼어들었다.

[확실히 영지민들에 관한 부분은 좀 의외였습니다.]

제스트라드 남작령이 아크 리치에 의해 점령당했다는 소리를 들었을 때 대부분의 사람들이 상상한 광경은 이런 것이었다.

태양을 가리는 짙은 먹구름과 독기를 내뿜으며 썩어 가는 대지.

시체와 해골만이 어슬렁거리는, 산 자의 흔적 따윈 남아 있지 않은 인세의 지옥도 등등.

당연히 제스트라드 영민들쯤은 진작 죽임을 당한 뒤 언데드가 되었을 것이라 여겼다.

그런데 막상 정찰을 해 보니 현실은 조금 달랐다.

딱히 먹구름이 끼지도, 대지가 썩지도 않았다. 영지민들 역시 대부분 생존한 상태였다.

신기할 정도로 사람들을 건드리지 않은 것이다.

이 부분이 특히 에란텔과 테오데릭을 골치 아프게 하고 있었다.

영민들이 무사한 것은 참으로 다행이지만, 도무지 상대의 속셈을 모르니 답답하다.

[역시 인질로 쓰기 위해서 일부러 살려 둔 걸까요?]

레번의 의문에 바로스가 고개를 저었다.

[꼭 그런 이유만은 아닐걸요.]

카르나크가 느긋하게 말을 받았다.

[그게 사령술에 대해 잘 모르는 사람들이 주로 하는 착각인데…….]

이미 두 사람은 말로카가 저런 식으로 나올 것이라 예상하고 있었다.

죽은 자들의 제국을 경영해 본 입장에선 별로 신기한 일도 아니다.

[언데드라고 해서 딱히 살아 있는 사람에 비해 효율이 좋은 것만도 아니거든.]

⁂

숲을 등진 얕은 구릉 위에 세워진 우아한 2층 저택.

오랜 세월 제스트라드 남작가의 보금자리였던 이곳은 현재 사악한 외지인들에 의해 점거되어 있었다.

한 무리의 일행이 저택 안에 들어선다. 남작가의 하녀들이 고개를 숙이며 그들을 맞이한다.

"아, 안녕히 다녀오셨나요……."

벌써 며칠째 이어지고 있는 광경임에도 하녀들의 목소리는 여전히 떨리고 있었다.

눈앞에서 로브를 걸친 흉측한 해골이 걸어가는 모습은 아무리 시간이 흘러도 익숙해지기 힘든 광경이니까.

"……."

로브를 걸친 흉측한 해골, 아크 리치 말로카는 아무런 대꾸 없이 저택 안으로 들어갔다.

리치인 그에게 하녀들의 이런 시중 따윈 아무 의미가 없는 것이다.

하지만 뒤를 따르는 사령술사들은 달랐다.

"밥! 밥은 어찌 되었나?"

"배가 고프다!"

사령술사들의 호통에 하녀장이 차분한 태도로 안내했다.

그래도 아크 리치와 달리 이들은 아직 살아 있는 사람이었기에 비교적 적응이 된 상태였다.

"준비되어 있습니다. 식당으로 가시지요."

검은 신의 교단에 의해 제스트라드 영지가 점령된 지도 어느덧 보름이 넘었다.

처음 저들을 마주했을 때만 해도 얼마나 절망에 빠졌던가?

대지를 걷는 시체들, 사방을 뒤덮는 사악한 어둠.

저 끔찍한 지옥의 군세 앞에서 사람들은 그저 고통 없이 죽여 주기만을 간절히 바랄 수밖에 없었다.

그런데, 의외로 사교도들은 영지민들을 별로 건드리지 않았다.

아니, 엄밀히 말하면 부려 먹기는 열심히 부려 먹었다. 단지 요구 사항이 예상 밖의 것이었을 뿐이다.

매 끼니 귀족들이나 먹을 식사를 준비하라느니, 로브를 깨끗이 빨아 놓으라느니, 저택에 자신들이 묵을 가장 화려한 방을 마련하라느니…….

그냥 저택 관리하고 밥 해다 바치는 게 전부였다.

이건 어차피 평소에도 이들의 업무인 것이다.

요새는 카르나크가 워낙 자리를 비운 지 오래라, 자기들끼리 밥해 먹고 살던 처지였지만.

사실 당연한 이야기이긴 했다.

아무리 사령술사라 해도 좋은 밥 먹고 깨끗한 옷 입고 살고 싶겠지, 사람인데.

다만 좀 이해가 안 가는 요구 사항도 있긴 했다.

"아니, 이런!"

"로브에 풀이 덜 먹지 않았느냐?"

"깃을 더 빳빳하게 세워라!"

"에잉, 무능한 것들."

하녀들이 보기엔 다 똑같이 생긴 검은 로브 가지고 뭔가 이런저런 불만 사항을 터트리는데, 대체 뭔 차이가 있는 건지 모르겠다.

하여튼 사악한 사령술사답지 않았다. 그냥 평범한 점령군 같았다.

영지민들을 대하는 태도 또한 마찬가지였다.

해골과 좀비 군대가 영지 곳곳을 순찰하고는 있는데 그게 전부다. 순종적인 태도만 보이면 딱히 사람들을 공격하거나 하진 않는다.

비축해 놓은 식량이며 무기, 물자 들을 대거 수탈해 버려 삶이 좀 궁핍해지긴 했다. 아마도 다른 쪽 검은 신의 교단에 보내는 듯했다.

하지만 이 정도는 평범한 영지전 와중에도 얼마든지 일어나는 일인 것이다. 어쨌건 살려 두는 것이 어딘가?

심지어 어떤 면에선 인간 점령군보다 나은 점도 있었다.

자고로 전쟁이 일어나면 젊은 여성들은 가혹한 일을 당하는 경우가 많다. 그런데 죄다 해골, 시체, 구울이다 보니 오히려 그런 일은 벌어지지 않는 것이다.

물론 제스트라드 저택을 장악한 사령술사들은 살아 있는 성인 남성이다 보니 하녀들이 두려워 떤 적도 있었다.

하지만 저들은 의외로 하녀들을 건드리지 않았다.

딱히 의롭고 명예를 알아서가 아니라, 뭔가 기묘한 자신들만의 논리가 있었다.

—어딜 감히 이교도 주제에 테스라낙의 은총을 받으려 하느냐?

—이 몸의 씨앗을 받고 싶으면 교도가 되어 스스로를 증명

해야 할 것이다!

귀하신 자신들이 어찌 '미천한' 하녀들에게 은혜를 내리겠
냐는 식이었다.

당연히 검은 신의 교도들이 전부 저런 식으로 생각하진 않
는다.

다만 저들은 사교도들 중에서도 광신도였고, 그 신앙을 인
정받아 고위 사령술사가 된 자들이다.

사교도치고도 사고방식이 해괴한 축인 것이다.

하녀들 입장에선 천만다행이었다.

이렇듯, 제스트라드 영지는 힘겹지만 그럭저럭 버티고 있
었다.

하지만 이 상황이 앞으로 어떻게 바뀔지는 아무도 모르는
일.

저택의 노집사, 타펠은 한숨을 쉬었다.

'영주님께선 어찌 되셨는지 모르겠군.'

그는 말로카가 처음 이 저택을 점거하며 외쳤던 말을 기억
하고 있었다.

─여기가 카르나크라는 놈의 집이렷다?

오랫동안 자리를 비운 가문의 주인을 떠올리며 노집사는

여신께 기도를 올렸다.

'알리움이시여, 부디 영주님을 보살펴 주소서.'

여관 벽을 사이에 둔 채 카르나크는 느긋하게 전언을 이어 갔다.

[틀림없이 언데드 병사는 효율적이야. 여러모로 말이지.]

식량이 따로 필요치도 않고, 지치지도 않고, 명령에 불복종할 걱정도 없으며, 적 앞에서 주저하거나 도망칠 리도 없다.

지휘관이 명령한 대로 정확히 움직이니 어떤 의미에선 이상적인 병사라 해도 좋을 것이다.

그렇다면 왕년의 사령왕 카르나크는 자신의 군세를 모조리 언데드로만 채웠을까?

꼭 그렇지만은 않았다.

[누누이 이야기하지만, 언데드는 공짜로 움직이는 게 아니거든.]

숫자가 늘어날수록 요구되는 사령력도 기하급수적으로 커진다.

[이게 어느 규모 이상이 되면 차라리 병사들 밥 챙겨 주는 게 더 편한 수준이 와 버려.]

살아 있는 병사들은 밥 잘 먹이면 그걸로 끝이다. 지휘관의 체력을 더 빨아먹거나 하지 않는다.

[뭐, 기력을 빨아먹거나 하는 경우야 많겠지만 그건 정신적인 문제니까 넘어가고.]

하지만 언데드 병사는 사령력을 수시로 챙겨 줘야 한다. 지휘관인 사령술사에게 요구하는 부분이 너무 커지는 것이다.

그래서 왕년의 카르나크는 자신의 군대를 언데드와 어둠의 마물의 이중 구조로 갖췄다.

[그리고 마물들은 살아 있으니 당연히 식량을 축내지. 그렇다면 그 식량은 어디서 조달해야 할 것 같아?]

레번이 흠칫 놀라며 되물었다.

[설마 인간 병사들을?]

인육을 먹일지도 모른다니, 상상하는 것만으로 끔찍해 몸서리가 쳐지는 것이다.

[뭐, 마물들이 인간을 안 잡아먹은 건 아닌데…….]

카르나크가 고개를 저었다.

[그건 놈들이 알아서 저지르는 짓이고, 계획적으로 시키지는 않았어.]

무슨 도덕적이고 윤리적인 이유가 있어서는 아니었다.

[적을 잡아먹으면서 보급을 충당하라니, 세상에 그런 어리석은 명령이 어디 있냐?]

실제로 적을 잡아먹을 수 있다 쳐도 보급은 보급대로 준비해야 한다. 그러지 않으면 군대가 금방 와해되어 버린다.

누군가는 마물들이 먹을 식량을 준비해야 하는 것이다.

그런데 마물들은 대부분 수렵, 채집의 한계에서 벗어나지 못한 존재다.

[사람을 일부러 죽여서 마물에게 먹이는 것보다, 그냥 식량 생산하게 만들고 그걸로 마물들을 먹이는 게 백배 낫지.]

게다가 언데드 군대라고 전혀 보급을 필요로 하지 않는 것도 아니었다.

먹고 마실 필요는 없다지만 양손에 창칼은 들려 줘야 할 것 아닌가?

던전 같은 곳에서 스켈레톤이 녹슨 칼 들고 다니는 건 그냥 오랫동안 그 자리에 쓰러져 있었기 때문이지, 딱히 녹슨 칼이 더 위력이 강해서가 아니다.

[부딪치면 금방 박살 날 텐데? 뭐, 파상풍의 위험 정도야 있을지도 모르겠다만.]

언데드 군세 역시 좋은 무기를 드는 쪽이 유리하다.

즉, 누군가는 그들이 쓸 무기를 만들어 줘야 한다.

[이 또한 그냥 포로들 부려 먹는 쪽이 빠르지. 좀비나 스켈레톤에게 대장장이 일 시킬 순 없잖아.]

세라티가 놀라 물었다.

[어머, 못 시켜요?]

그녀가 읽었던 모험담 중엔 사악한 사령술사가 시체를 이용해 각종 노역을 시키는 내용도 있었던 것이다.

카르나크가 피식 웃었다.

[시킬 수야 있지. 연습 좀 하면 못 시키진 않아.]

너무나 귀찮은 행위라는 게 문제였다.

이는 비유하자면, 꼭두각시 인형을 조작해서 대장장이 일을 시킨다는 소리나 마찬가지다.

왜 굳이 그러겠는가?

그냥 살아 있는 대장장이에게 의뢰하면 그만일 텐데.

[그래서, 이런 생산 쪽 영역으로 가면 언데드의 효율은 살아 있는 사람에 비해 극히 떨어져 버려.]

언데드의 장점은 분명히 전장에서는 크게 발휘된다. 하지만 일상으로 오면 대부분 감소해 버린다.

[보급 문제부터가 그렇지.]

전쟁터에서야 대규모 보급 부대가 사령술사 1~2명으로 줄어드니 매우 도움이 되겠지.

하지만 후방에선?

곡물 창고는 동네마다 있지만 군대를 운용할 정도로 강력한 사령술사는 희귀하다.

그런 귀한 사령술사를 굳이 불러다, 멀쩡히 살아 있는 인간 일꾼을 일부러 죽여 언데드 일꾼으로 바꾼 다음 일을 시킨다?

[부싯돌로 불 피우면 될 일을 마법사 불러서 파이어볼 써 달라고 하는 꼴이지.]

산 자에게 밥 먹이고 일을 시키는 쪽이 사령술로 죽은 자를 부리는 쪽보다 훨씬 효율적인 것이다.

[언데드가 명령을 충실히 따른다는 점도, 전장을 벗어나면 딱히 유리한 부분이 아니고.]

목숨이 오락가락하는 전쟁터에서야 아무리 엄격한 군율로 다스려도 결국 흔들리는 이들이 나오게 된다.

죽음의 공포보다 더 큰 두려움은 보통 없으니까.

하지만 일상적인 상황에서는?

말 안 들으면 들을 때까지 패면 그만이다.

[심지어 언데드의 지구력조차도 유리한 점이 아니야.]

언데드는 분명 지치지 않지만, 그 언데드를 지배하는 사령술사는 지치게 마련이니까.

이렇듯 목숨이 위태로운 상황만 아니라면 살아 있는 인간이 언데드보다 여러모로 효율적이었다.

[살려 두면 밥만 줘도 부려 먹을 수 있는데 왜 굳이 죽여서 사령력을 낭비하겠어?]

이야기를 듣던 레번이 이상한 점을 짚었다.

[꼭 그런 것만은 아니지 않습니까?]

후방 작업에서도 언데드가 유리한 부분은 분명 있어 보였다.

[사람들이 하기 힘든 위험한 일은 대신 시킬 수 있잖아요.]

화재 진압이라거나 광산 일, 독성이 심한 물질을 다루는 일 등은 언데드가 여전히 유용해 보이는 것이다.

그러자 바로스가 쓴웃음을 지었다.

[과연, 그것이 상식적인 인간의 생각이군요.]

[네?]

[그러니까, 그건 사람 목숨을 귀하게 여긴다는 전제가 깔려 있을 때의 이야기 아닙니까?]

화재 진압하다 타 죽을지도 모른다고?

타 죽게 내버려 두면 되지.

광산 일하다 매몰되어 죽을지도 모른다고?

깔려 죽게 내버려 두면 되지.

이것이 사령술사들의 사고방식인 것이다.

지천에 널린 게 인간인데 왜 귀한 언데드를 낭비하겠는가!

카르나크가 어깨를 으쓱였다.

[사령술사 입장에선 산 채로 인간을 갈아 넣는 쪽이 제일 효율적이긴 해.]

대충 음식 쓰레기 같은 거 먹여 가며 죽을 때까지 부려 먹는다.

그러다가 죽으면?

그때 가서 좀비로 일으켜 다시 언데드로 부려 먹어도 전혀 문제가 없다!

[심지어 이쪽이 원한이 많이 쌓여서 그런지 애들도 더 강해진다? 효율만 보면 이게 가장 좋아.]

그래서 카르나크가 세운 네크로피아 제국도 초기에는 살아 있는 인간들이 제법 많았다.

수십 년 지나며 결국 다 죽어 버렸지만.

[물론 예전에 그랬다는 거야, 예전에. 지금도 그렇게 살겠다는 건 아니고.]

황급히 변명하는 그를 보며 내심 뿌듯해하는 세라티였다.

'그래도 이제 변명은 하시네?'

하여튼, 이런 이유로 말로카가 제스트라드 영지민들을 그냥 살려 둔 것은 별로 신기한 일이 아니었다.

문제는 딱히 생명을 존귀하게 여겨 살려 두는 게 아니라는 점.

[저대로 부려 먹다가 죽으면 언데드로 되살려 또 써먹겠지.]

영민들을 '산 채로' 구하고 싶다면 한시바삐 움직여야 했다.

[그래서 내가 미끼가 되겠다고 자처한 거다. 당장이라도 얼굴 비친 다음 말로카를 유인해서 끌어내야 하니까.]

다들 납득하며 고개를 끄덕였다.

문득 레번이 물었다.

[그런데 승산은 있는 겁니까? 상대는 무려 아크 리치잖습니까.]

세라티도 질문을 이었다.

[혹시 뎀피스 공을 부르신 건가요?]

확실히 뎀피스는 말로카와 동급이다. 아크 리치 둘이 싸우게 되면 남은 사령술사들쯤이야 어렵지 않게 처리할 수 있겠지.

카르나크가 고개를 저었다.

[뎀피스는 못 써먹어, 지금 같은 상황에서는.]

뎀피스에겐 황혼의 교단을 널리 퍼뜨린다는 중대한 임무가 있다.

최대한 비밀리에 움직여야 하는데, 이번 전투에 끼어들었다간 카르나크와의 관련성이 검은 신의 교단 측에 드러나 버리는 것이다.

[어차피 제시간을 맞출 수도 없고.]

현재 뎀피스는 7왕국 연합에서 가장 대국인 펠마이어 왕국에서 암약하는 중이다.

유스틸 왕국과는 거리가 상당하다.

물론 9서클의 마스터씩이나 되는 만큼 전력을 다하면 사흘 안에 도착할 수 있겠지.

그런데 아크 리치란 게 대놓고 돌아다닐 팔자는 아니지 않은가?

[사기 풀풀 풍기는 해골이 검은 날개 활짝 펼치고 하늘을 가로질러 날아가면 그거 보는 사람들이 참 좋아하겠다, 그치?]

들켰다간 아크 리치 한 놈 더 출몰했다고 대난리가 날 뿐이다.

그러니 해 떠 있을 때 피하고, 밤에도 성직자들에게 최대한 안 걸리게 조심조심 이동해야 하는데, 이러면 족히 보름은 걸릴 터였다.

그렇게까지 시간을 지체할 순 없다. 그때쯤엔 영지민 3분의 1은 언데드가 되어 있을 테니까.

[물론 정 방법 없으면 나중에라도 불러야겠지만…….]

이번엔 뎀피스와의 전투 때와 상황이 다르다.

[자색급인 에란텔 단장도 있고, 8서클의 테오데릭 공도 있고, 알리우스가 이끄는 여신교단도 약하지 않지. 거기에 우리도 참전할 테고.]

카르나크는 빙그레 웃었다.

[이 정도 전력이면 승산이 있다. 잘만 유인하면 충분히 말로카를 해치울 수 있을 거야.]

물론 이 사실을 말로카도 모르지 않을 테니 어지간해선 유인책에 말려들지 않을 것이다.

함정인 줄 눈치 못 채게, 설령 눈치를 채더라도 충분히 감당할 수 있다고 생각하게 만들어야 한다.

이 부분에 있어서는 카르나크도 자신이 있었다.

[말로카는 지금의 날 모르겠지만, 난 말로카를 아니까 말이지.]

1차 제스트라드 탈환 전투 때만 해도 유스틸 왕국군은 별다른 위협을 느끼지 않았다.

사교도의 창궐은 워낙 흔한 일이었으니 이번에도 비슷한 상황인 줄만 알았던 것이다.

오러 유저 넷에 정규 기사 스물, 그리고 병사 오백이라는 조촐한 병력만 끌고 제스트라드 영지로 향했다.

사실 평범한 사교단 상대라면 이 정도로도 충분한 전력이었다.

그런데 전설의 마물이라는 아크 리치가 튀어나올 줄이야?

뭐 해 보지도 못하고 싹 쓸렸다.

기사와 병사 대다수가 죽임을 당했고, 심지어 언데드로 되살아나 오히려 아군을 공격하기까지 했다.

비참한 패배를 통해 왕국군은 경각심을 가지고 2차 제스트라드 탈환군을 준비했다.

아크 리치의 마법과 사령술에 대비해 따로 마법사단과 성직자단을 꾸렸고, 특별히 언데드와의 전투 경험이 많은 이들을 모았다.

그 수가 자그마치 천에 달했다.

그리고 또 패배했다.

상대가 아크 리치란 건 알았지만, 그 아크 리치란 존재가 얼마나 강력한지는 제대로 몰랐던 것이다.

말로카의 압도적인 권능 앞에 유스틸 왕국군은 분루를 삼키며 패퇴해야 했다.

그래도 이번엔 1차 때처럼 싹 쓸리진 않고 꽤나 병력을 보전해 착실히 후퇴했지만, 패배는 패배였다.

두 번의 패배 끝에야 유스틸 왕국군은 정신을 차리고 아크 리치를 상대할 진정한 강자들을 준비했다.

킹스 오더 단장, 퍼플 나이트 에란텔과 8서클의 마법사 테오데릭, 그리고 최근 검은 신의 교단을 상대로 무수한 명성을 떨친 킹스 오더의 '영웅'들이 포함된 전력이었다.

그렇게 3차 제스트라드 탈환군이 데라트 시티를 나서 북으로 향했다.

　

황량한 들판을 지나 제스트라드 남작령으로 향하는 천오백의 군세.

카르나크 일행은 대열 중간쯤에서 행군 중이었다.

"거참, 집에 돌아오고 싶다고 노래를 부르긴 했는데……."

주위를 둘러보며 카르나크는 혀를 찼다.

"이런 식으로 돌아오게 될 줄은 몰랐네."

물론 아직 영지에 들어선 것은 아니지만, 그래도 고향 땅을 보니 기분이 묘하다.

곁에서 말을 몰던 바로스가 쓴웃음을 지었다.

"전 우리보고 영웅이라고 하는 게 더 이상한 기분입니다 만."

"실제로 사교도들 많이 족치긴 했잖아? 나도 기분 이상하 긴 마찬가지지만."

뒤를 따르는 라피셀이 고개를 끄덕였다.

"역시 두 분은 겸손하시네요. 그렇게 많은 사람들을 구하 고도 영웅 소리 듣는 걸 어색해하시다니."

세라티는 애써 웃었다.

"그, 그러게 말이야."

속으론 전혀 다른 반응이었지만.

'진정, 진정하자. 애 앞에서 발끈하면 안 되지.'

그녀가 애써 호흡을 고르며 평정을 찾는 동안에도 탈환군 은 착실히 북으로 향하고 있었다.

문득 카르나크가 들판 너머를 노려보았다.

"슬슬 놈들이 나타날 때가 됐는데."

레번이 의아해하며 물었다.

"그걸 어떻게 아십니까?"

"날씨 보면 대충 알지."

계절상으로는 슬슬 봄이지만 구름이 잔뜩 낀 흐린 날씨라 바람이 아직 차가웠다.

사령술을 펼치기 제일 좋은 시간대는 물론 태양 빛이 없는 한밤중이지만, 이런 흐린 날씨도 나쁘지 않다.

"언데드 부리기 좋은 날씨야."

과연, 기다렸다는 듯이 대열 앞쪽에서 외침이 터져 나왔다.

"적습! 적습이다!"

"전군, 전투준비!"

흐린 하늘 위로 검은 로브 자락을 휘날리는 섬뜩한 해골의 모습이 비친다.

"어리석은 것들이 또 하찮은 목숨을 버리러 왔구나!"

당당히 허공에 떠 있는 저 9서클의 마법사를 향해 탈환군은 정석적인 반응을 보여 주었다.

"화살! 화살을 쏴라!"

이내 수십 개의 화살이 말로카에게 쏟아졌다.

말로카가 평범한 9서클의 마스터라면 이 화살 비는 분명 위협적이었을 것이다.

아무리 위대한 지혜와 마력을 지녔다 해도 육체는 엄연히 연약한 인간이었을 테니까.

하지만 상대는 불사의 마물.

"흥!"

화살이 몸에 꽂히건 말건 무시하며 황금 지팡이를 겨눈다.

이내 수십 개의 폭발이 사방에서 일어난다.

콰쾅! 콰콰콰콰쾅!

대열 곳곳에서 폭음과 비명 그리고 검은 연기가 메아리쳤다.

"크, 으억!"

"저, 저 괴물 놈!"

그때였다.

한 줄기 섬광이 말로카를 노렸다.

'음?'

감히 경시할 수 없는 위력이었다.

재빨리 어둠의 장막을 펼쳐 막아 냈다. 그럼에도 폭발과 함께 상당한 충격이 왔다.

콰아앙!

"8서클인가? 이번엔 제법 한가락 하는 놈이 왔나 보군."

과연, 저 멀리 강력한 마나를 내뿜는 중년 사내가 보였다.

동시에 탈환군 여기저기서도 투기검이 빛을 발한다.

적색과 청색에, 자색의 오러까지 모습을 드러낸다.

오러 유저들이 앞장서 몰려오는 언데드 군세를 박살 내기 시작하니 다른 기사들과 병사들도 침착하게 전투에 임한다.

잠시 흔들렸던 탈환군이 이내 사기를 되찾았다. 오히려 언데드 군세가 밀리기 시작했다.

"밀어붙여!"

"물러서지 마라!"

"으아아아아!"

특히나 눈에 띄는 것은 기이한 수법을 구사하는 젊은 마법사였다.

"나, 어둠의 죄악을 대속하는 자가 되리라!"

저 마법이 발동되면 언데드 군세 일부가 빛의 사슬에 묶여 이쪽을 공격한다.

사령술사들의 전유물이었던, 아군이 적이 되는 수법을 역으로 당하게 되는 것이다.

"저자가 카르나크인가?"

틀림없었다.

청은의 마탑을 통해 제국 측에도 퍼지고 있는 대사령술사 전용 마법, 사법의 대속자였다.

'저놈이 드디어 나타났다 이거지.'

말로카는 황금 지팡이를 거두었다.

'그럼 여기서 힘 소모해 가며 싸울 필요는 없겠군.'

＊

언데드 군세가 들판 너머로 후퇴하기 시작한다.

첫 승리였다. 기사들과 병사들이 환호성을 터트렸다.

"우아아아!"

"이겼다!"

알고 보면 마냥 기뻐할 일만은 아니었다.

저들의 진짜 전력은 말로카와 휘하의 사령술사들이다. 이들만 멀쩡하면, 그리고 시체만 충분하면 총전력 자체는 전혀 깎이지 않는 것이다.

그렇다 해도 목표는 충분히 달성했다.

멀어지는 언데드 군세를 노려보며 카르나크는 차갑게 웃었다.

"이 정도면 말로카도 나를 확인했겠지."

얼굴도장을 찍었으니, 이제 본격적으로 움직일 시간이다.

제스트라드 탈환전

제스트라드 저택의 2층 집무실.

말로카는 불조차 켜지 않은 어두운 공간에 홀로 앉아 있었다.

차분히 마나와 사령력을 정돈하며 낮에 보았던 흑발의 청년을 떠올린다.

'그놈이 레번 경이 말한 자가 맞겠지?'

에밀의 몸에 빙의한 미래 레번 덕분에 카르나크라는 이름을 알게 되었다.

문제는 상대에 대해 아는 게 고작해야 이름과 대략적인 인상착의 정도밖에 없다는 점이었다.

사실 미래 레번은 현세 레번의 몸에 그리 오래 머무르지도 못했다. 들어앉으려다 바로 방해받고 쫓겨났으니까.

실제로 카르나크와 마주한 시간은 고작해야 1분이 채 안 되는 것이다.

확인한 부분이라곤 테스라낙이나 가능할 법한 정교한 사령술을 펼쳤다는 것, 그럼에도 정작 사령력 자체는 그리 높지 않다는 게 전부였다.

그나마 템피스라도 무사했다면 전체적인 상황을 전달받을 수 있었을 텐데 하필이면 그날 이후 행방불명이 되어 버렸고.

이대로는 단서가 너무 부족했다. 이름과 인상착의만으로 사람을 찾을 만큼 대륙은 좁지 않았다.

다행히, 미래 레번이 애써 당시의 상황을 되새겨 상대가 현세 레번과 이런 대화를 나누었다는 걸 떠올렸다.

–나도 킹스 오더야! 나라고 뭐 좋아서 이러는 줄 알아?

덕분에 엘레자르도 뒤늦게나마 카르나크라는 이름을 기억 저편에서 끄집어낼 수 있었다.

–그러고 보니 유스틸 킹스 오더에 그런 이름을 가진 마법 사가 있었지요.

저 정도로 강력한 사령술사의 존재는 분명 금시초문이지만, 이름 자체는 휴델의 보고서에서 본 적이 있다.

확실한 단서가 생겼으니 그 후론 어렵지 않게 상대의 정체를 확인할 수 있었다.

카르나크 제스트라드.

제스트라드 남작가의 당대 가주이자 유스틸 킹스 오더의 부단장으로, 사령술사라면 치를 떨기로 유명한 유스틸 왕국의 상급 마법사였다.

또한 추가 조사를 통해 그가 사실은 청은의 마탑이 퍼뜨리고 있는 '대사령술사 전용 마법'의 진짜 출처라는 것도 알게 되었다.

엘레자르 입장에선 살짝 어이없는 이야기였다.

―델트로스도 뻔뻔하네? 꼭 자신이 개발한 것처럼 떠들어 대더니.

심지어 카르나크가 개발한 것도 아니고, 과거의 유스틸 왕실 마법사 달라스가 남긴 비전이라는 듯했다.

영 이해가 가지 않는 이야기였다.

달라스는 네크로피아의 4대 총독 중 1명인 뎀피스의 생전 이름인 것이다. 하지만 과거에 저런 마법을 만들었다는 사실은 한 번도 들은 적이 없다.

역시나 뎀피스가 사라져 버려 확인은 안 되지만.

하여튼 정황을 보건대 이 카르나크라는 마법사가 레번이 말한 사령술사임에는 틀림없어 보였다.

유스틸 킹스 오더 쪽 정보를 통해 카르나크 일행이 말레피쿠스 던전으로 향했다는 걸 확인했다. 또한 그날 이후 현세 레번이 저들과 함께 움직이고 있었다.

그래서 확신을 가지고 제스트라드 영지를 공격한 것이다.

'이제 놈이 나타났으니, 적절히 생포하여 바치기만 하면 될 터.'

앞으로의 계획을 짜며 말로카는 턱뼈를 딱딱거렸다. 생각에 잠길 때의 오랜 버릇이었다.

어둠 속에서 기이한 소음이 희미하게 울리기 시작했다.

딱, 딱, 딱, 딱……

"말로카는 분명 이런 식으로 나올 거다."

여관방에 모인 일행을 둘러보며 카르나크는 설명을 이었다.

"제스트라드 저택을 본진으로 삼고 각종 결계를 깔아 방어 태세를 갖춘 뒤 언데드 군대를 포진시켜 놓겠지. 그 상태로 우리를 맞이해 방어전을 펼칠 생각일 거야."

이후 혼전을 틈타 자신을 노릴 것이란 게 카르나크의 예측이었다.

세라티와 레번이 고개를 끄덕였다.

"전형적인 공성전이네요."

"모범적이기도 하고요. 의외군요."

꽤나 무난하고 견실한 방식이다.

전설의 괴물이라는 아크 리치의 이미지엔 어쩐지 어울리지 않는다.

하지만 언데드라고 꼭 괴상한 전법을 쓰란 법은 없는 것이다.

전장을 선점해야 유리해지는 건 산 자건 죽은 자건 마찬가지.

그런데 아군의 목표는 영지 해방이다. 이름부터가 제스트라드 '탈환군' 아닌가?

어차피 저택까지 진군해야 하니, 기다리기만 하면 원하는 바를 얻을 수 있다.

"……라고 말로카는 생각하고 있겠지. 이 점을 이용할 수 있어."

히죽거리는 카르나크를 바라보며 세라티가 물었다.

"정말 상대가 예상대로 움직여 줄까요? 어디까지나 카르나크 님의 추측일 뿐이잖아요."

바로스가 고개를 저었다.

"예상대로 움직일걸요."

꽤나 확신에 찬 목소리였다. 그럴 이유가 있었다.

"말로카는 진짜 뻔한 타입이거든요. 그래서 라피셀에게 자주 당했었죠."

"어머, 라피셀요?"

실소를 흘리며 세라티가 2층 창문 밖을 힐끔거렸다.

저 아래, 여관 뒤뜰에서 홀로 검술에 매진 중인 잿빛 머리 소녀가 보인다. 전투를 앞두고 조금이라도 실력을 높이겠다며 오늘도 맹렬히 수련 중이다.

카르나크가 혀를 찼다.

"어휴, 덕분에 죽은 말로카를 되살리느라 고생 좀 했지."

여전히 납득이 가지 않는다며 레번이 물을 때였다.

"그래도, 그때 한 번 당했다면 또 당하진 않을 것 아닙니까?"

"그래! 내 말이 그 말이야!"

갑자기 카르나크가 발끈하며 인상을 구겼다.

"한 번 당했으면 또 당하면 안 되는 거 아니냐? 내가 말로카를 무려 세 번이나 되살렸어, 세 번이나!"

세라티가 황당해하는 표정을 지었다.

"라피셀 손에만 세 번이나 죽었다고요?"

"응."

"……학습 능력이 없나?"

왕년의 일이 떠올랐는지 바로스가 한숨을 푹 쉬었다.

"꼭 그런 것은 아닌데, 응용력이 심각하게 없는 편이라서 그래요."

분명 말로카는 각종 전술, 전략에 대해 익혔고 꽤 많은 병법서를 읽기도 했다. 머리에 든 지식은 상당히 많았다.

"그런데도 결국은 책에 적힌 대로밖에 못 움직였습니다. 학자에게 지휘관 시키면 흔하게 볼 수 있는 경우랄까요."

말로카는 어디까지나 총독이었지 장군이 아니었다.

전쟁 전문가가 아니란 소리다.

전문가도 아닌 이에게 전문성을 요구하는 것도 가혹한 이야기다.

"대신 총독으로는 또 말로카만큼 유능한 이가 없었어. 그러니 나도 계속 되살려 가며 부려 먹은 거지."

이번에도 분명 말로카는 병법서에 적힌 대로만 움직일 것이다. 언제나 그래 왔듯이.

"그럼 예전의 라피셀이 했던 대로 하면 되는 건가요?"

세라티의 질문에 카르나크가 피식 웃었다.

"에이, 그러면 아무리 말로카라도 알아차리겠지."

앞뒤 꽉 막힌 성격인 것이지 바보는 아니다. 똑같은 수법이 계속 통하지는 않는다.

"라피셀이 할 법한 짓을 하겠다는 소리야."

게다가 이 경우에는 좋은 점이 하나 더 있다.

단순히 영지를 탈환하고 말로카와 언데드 군대를 해치우면 끝이 아니다.

그 와중에 붙잡혀 있는 영지민들도 구해야 한다. 사람답게 살고 싶다면 말이지.

그런데 이는 카르나크에게 있어 한없이 미지의 영역인 것이다.

"세라티, 네가 그랬잖아? 잘 모르겠다 싶으면 그냥 좋은 사람 따라 하라고."

다시금 창밖을 내려다보며 왕년의 사령왕은 싱글벙글 웃었다.

"인류의 영웅을 따라 하는 것이니, 아무 문제 없겠지?"

라피셀의 앙칼진 기합이 하늘 높이 울려 퍼지고 있었다.

"헙! 타앗! 타아앗!"

　　　　　　　　　　　　✕

첫 전투 이후 제스트라드 탈환군은 영지 외곽까지 착실히 진군해 왔다. 말로카의 예상대로였다.

그런데 거기서 예상을 벗어났다.

영지 외곽에 진지를 꾸리더니 더 이상 움직이지 않았다. 그대로 눌러앉아 버린 것이다.

"뭐지?"

두 가지 경우를 짐작할 수 있다.

첫 번째는 추가로 점령군이 오길 기다리며 잠시 진군을 멈춘 것.

두 번째는 진지를 방어선으로 삼고 이쪽에서 먼저 공격하기를 기다리는 것이다.

말로카는 비웃었다.

두 방식 모두 한 가지 전제를 달고 있었다.

바로 시간을 끌어 장기전을 치르겠다는 것.

"시간을 끌 수 있을 거라 생각하는 건가?"

단순히 말로카와 언데드 군대를 퇴치하는 것이 목표라면 나쁘지 않은 선택이다.

하지만 저들의 목표가 단순한 승리이던가?

"이쪽에 인질이 있다는 사실은 잊은 모양이군."

현재 제스트라드 영지엔 수많은 영지민들이 '산 채로' 붙잡혀 있는 것이다.

휘하 사령술사 둘을 불러 명령을 내렸다.

"적당히 마을 하나를 골라 몰살시킨 뒤 언데드로 일으켜라. 그리고 저들의 진지로 보내도록."

공허한 아크 리치의 안구 사이로 섬뜩한 빛이 번뜩였다.

"자신들이 구해야 할 이들이 시체가 되어 공격하는 꼴을 보면 마음이 좀 급해지겠지."

말로카의 명령에 따라 희생양이 될 농가가 정해졌다. 사령술사 2명이 농민들을 언데드로 일으키기 위해 그곳으로 향했다.

제스트라드 영지를 점령한 언데드 군세는 이런 식으로 포진되어 있다.

주력인 말로카와 사령술사들은 제스트라드 저택과 성하 마을 중심으로 주둔하고, 각지의 농가며 구리 광산 측에는 미리 명령을 입력해 둔 언데드 병사들을 배치해 놓는다.

지역 내 영지민의 출입을 막아라.

그리고 접근하는 외지인은 모두 죽여라.

이런 식으로 자동 전투 명령을 걸어 놓으면 사령술사들이 자리를 비워도 알아서 싸울 수 있는 것이다.

두 사령술사가 막 마을에 도착했을 때였다.

"으잉?"

"이게 무슨?"

마을을 둘러본 사령술사들은 당황했다.

배치해 둔 좀비와 스켈레톤 병사가 죄다 박살 나 있었다.

그뿐만이 아니다.

마을 사람들 역시 흔적 없이 사라진 후였다.

"이 마을의 촌것들이 도망친 건가?"

"무슨 수로? 설마 놈들이 우리 병사들을 쓰러뜨렸다고?"

그럴 가능성은 극히 적었다.

무기가 될 만한 것은 일찌감치 전부 압수해 놓았는데?

설령 농기구를 이용해 어떻게든 전투를 벌이고, 정말 운이 좋아 언데드 병사들을 해치울 수도 있었다 치자.

그렇다 해도 주민들의 시체 일부는 남아 있어야 할 것 아닌가?

이런 시골 깡촌에 무슨 정규 기사들만 모여 있는 것도 아닌데 단 1명의 희생자도 내지 않았다는 것은 말이 안 된다.

주변 흔적을 조사하고 나서야 진상을 파악할 수 있었다.

"이런……."

언데드 병사를 기습한 건 탈환군 측의 별동대였다.

"놈들이 이런 식으로 나오나?"

제스트라드 남작령 외곽의 탈환군 진지.

"감사합니다……."

"정말 감사합니다……."

수십 명의 농민들이 천막에 쪼그려 앉아 연신 감사를 표하고 있었다.

탈환군의 별동대가 구출해 온 영지민들이었다.

"무사히 구출할 수 있어 다행이네요."

흐뭇한 표정으로 그들을 바라보던 레번이 문득 걱정스러운 얼굴로 물었다.

"하지만 계속 이렇게 잘될까요?"

카르나크가 제안한 작전에 따라, 탈환군은 기사와 병사로 이루어진 스물 정도의 정예 병력을 구출대로 꾸렸다. 그리고 영지 곳곳의 촌락으로 보내 영지민들을 구하게 했다.

사령술사가 직접 부리지 않는 언데드 병사는 그만큼 움직임도 단순하다. 숫자가 압도적으로 차이 나지 않는 이상 구출대 수준의 전력으로도 충분히 처리할 수 있다.

"하지만 저쪽도 그냥 두고 보지만은 않을 것 아닙니까?"

별동대는 이쪽만 꾸릴 수 있는 게 아니다.

말로카 휘하의 언데드 군세는 무려 수천, 그중 일부를 각 마을에 보내면 미처 구출하기도 전에 각개격파당할 것이다.

그러자 카르나크가 재미있다는 듯 웃었다.

"말처럼 쉽지 않을걸."

그는 말로카가 제대로 대응하지 못할 것임을 확신하고 있었다.

왜냐고?

이는 자신이 라피셀에게 당했던 바로 그 수법이었으니까.

"죽은 자들의 군대에는 심각한 단점들이 있거든."

영지민이 도망친 마을은 한 군데가 아니었다.

제스트라드 남작령 곳곳에서, 배치해 놓은 언데드 부대가 공격받는 일이 다발적으로 일어나고 있었다.

보고를 받은 말로카가 의아해했다.

"놈들이 촌락의 영지민들부터 구하고 있다면, 왜 군대의 움직임을 파악하지 못한 거지?"

"20명 정도의 구출대를 꾸려 따로 움직인 탓입니다. 너무 소규모라 눈에 띄지 않았습니다."

더더욱 이해가 가질 않았다.

"일부러 병력을 나눠서 적지로 침투시킨다니, 아무리 사람들을 구하기 위해서라지만 그런 위험을 감수한단 말인가?"

어리석은 짓이었다.

이쪽이 각 마을에 언데드 병력을 산개해 배치하면 어쩌려고 저런단 말인가?

찾아오는 족족 호랑이 굴에 목을 들이미는 형국이 될 텐데.

잠시 고민하던 말로카는 어깨를 으쓱였다.

"하긴, 내가 알 바는 아니지."

위험을 감수하는 거야 저쪽 사정이고, 이쪽은 그냥 해치워 버리면 그만이다.

"우리도 각 마을에 별동대를 보내라. 구하러 오는 놈들부터 해치우고 언데드로 일으켜. 돈 되는 영지민들을 굳이 희생시키지 않아도 되겠군."

"알겠습니다."

사령술사들이 고개를 넙죽 숙였다.

그리고 막 명령을 이행하려 할 때였다.

'……잠깐, 각 마을?'

그제야 사령술사들은 이것이 이행할 수 없는 명령임을 깨달았다.

언데드 군대에는 한 가지 심각한 문제점이 있었던 것이다.

제스트라드 영지는 북부의 척박한 땅.

면적에 비해 인구가 적은 편이라 영민들 대부분이 넓은 범위에 산발적으로 흩어져 살고 있다.

영주 저택이 위치한 성하 마을을 포함해 큰 촌락이 네 곳, 소규모 마을은 무려 열한 곳이다.

"하지만 우리가 나눌 수 있는 별동대의 숫자는 많아 봐야 두 부대뿐입니다."

⇒✦⇐

"언데드 병사가 수천이면 뭘 하겠어?"

카르나크는 비웃었다.

"그걸 부리는 사령술사는 4~5명에 불과한데."

인간 군대는 지휘 체계가 다양하다.

사령관 밑에 대대장이, 그 밑에 중대장이, 그 밑에 부대장이 존재한다. 그래서 상황과 전술에 따라 얼마든지 병력 일부를 분리해 별동대로 삼을 수 있다.

하지만 말로카가 부리는 언데드 군대는 다르다.

지휘관인 말로카와 휘하의 사령술사, 그리고 그 밑에 언데드 병사들.

딱 두 단계밖에 없는 것이다.

게다가 좀비나 스켈레톤 같은 언데드는 술법의 특성상 사령술사가 부리지 않으면 제대로 된 전투력을 발휘하지 못한다.

"그 탓에 언데드 군대는 인간 군대처럼 병력을 속 편하게 나눌 수가 없어."

이는 전적으로 수뇌부인 사령술사의 숫자에 달려 있다.

병사가 수천이더라도 사령술사가 1명이면 군대도 하나, 2명이면 군대도 둘.

"인간 군대처럼, 수천 명을 수백 명 단위로 열 부대씩 쪼갤 수 없단 소리지."

심지어 저것도 이론상의 이야기고, 현실은 또 달랐다.

설령 사령술사가 5명이라도 실제로 다섯 부대를 만들 수 있는 것은 아니다.

"리스크가 너무 크거든. 사령술사 한 놈만 죽이면 부대가 통째로 와해되어 버리니까."

한 부대에 주축이 되는 사령술사가 최소한 둘, 일반적으로 3명 정도는 되어야 군대로서의 안정성을 확보할 수 있는 것이다.

"지금 말로카가 운용할 수 있는 별동대는 많아 봐야 둘 정도가 끝이야. 그 이상 늘리면 빈틈이 너무 커져 버린다."

"그렇군요."

납득한 세라티가 문득 의아해했다.

"그런데 언데드 병사 중에선 알아서 움직이는 놈들도 꽤 있었던 것 같은데요?"

당장 제스트라드 영지 곳곳에 배치된 좀비며 스켈레톤 병사들도 사령술사 없이 명령만 받아 움직이는 놈들이었다.

"저 숫자를 크게 늘리면 되는 것 아닌가요?"

지금이야 각 마을당 배치된 언데드 병사도 20구 정도라 구출대가 어렵지 않게 해치울 수 있었다.

하지만 100구 넘게 배치되어 있다면?

아무리 사령술사가 없다 해도 저 정도 숫자의 언데드 병사라면 충분히 강력한 전력이 아닐까?

"나도 그렇게 생각했던 적이 있었지."

카르나크가 씁쓸한 미소를 지었다.

"라피셀에게 당하기 전에는."

미리 언데드 병사에게 명령을 입력해 놓고 자동으로 싸우게 만든다?

물론 가능하긴 하다.

"문제는, 여기서 언데드 군대의 두 번째 단점이 드러난다는 거야."

제스트라드 남작령 서쪽에 위치한, 대략 10여 호 정도로 구성된 한 작은 촌락.

인근 숲에 숨어 상황을 살피던 구출대원이 혀를 내둘렀다.

"숫자가 엄청난데요."

마을 곳곳에 좀비와 스켈레톤 병사들이 무장한 채 어슬렁거리고 있는데 그 숫자가 자그마치 백에 달한다.

아무리 사령술사가 직접 다루지 않는 언데드의 움직임은 단순하다 할지라도 병력 차이가 이 정도로 심하다면 승산은 없다.

그러니 지금은 포기하고 물러서는 것이 상식적인 판단이겠지만…….

"그렇군."

구출대장 보엘 경은 오히려 웃었다.

"카르나크 공의 예측 그대로야."

이미 출진하기 전에 이런 일이 있을지 모른다는 언급을 받았다. 그래서 이에 걸맞은 대처법 역시 숙지하고 왔다.

"그렇다면 이 수법도 통하겠지."

보엘 경이 부하들에게 신호를 보냈다.

"가자!"

숲을 헤치며 나온 20명의 구출대가 마을 외곽을 지키는 좀비 무리에게 덤벼들었다.

외지인을 발견한 좀비들이 일제히 창칼을 치켜들었다.

이들이 받은 명령은 현지인의 출입을 막고 외지인이 나타나면 모조리 죽이라는 것.

명령대로 좀비들도 마주 돌진하기 시작했다.

"크아아아아!"

"카아아아!"

전황을 지배하는 것은 구출대 쪽이었다.

"어딜!"

"이런 굼뜬 놈들에게 우리가 질 것 같으냐?"

"타아아앗!"

삐걱거리며 단순하게 창칼을 휘두를 뿐인 좀비병들에 비해, 구출대 병사들은 전원 노련하게 검술을 펼치며 치고 빠진다.

이내 근처의 좀비병 대부분이 박살 나 사방에 흩어졌다.

그렇지만 이것만으로 구출대가 승리했다고 볼 순 없다.

소란이 일어나자 마을의 다른 지역을 순찰하던 언데드 병사들 역시 이들에게 몰려왔으니까.

"그으으……."

"크어어어……."

구울과 스켈레톤 병사들이 사방에서 몰려오며 포위망을 형성하기 시작했다.

보엘 경은 재빨리 주위를 둘러보았다.

'슬슬 빠질 때인가?'

이대로 포위망에 갇혀 버리면 꼼짝없이 죽을 뿐이다. 아직 기력이 남아 있을 때 도망쳐야 한다.

보엘 경이 고함을 질렀다.

"전원 후퇴!"

기다렸다는 듯 병사들이 일제히 한 방향으로 달렸다.

그 방향은 숲 쪽이 아니었다. 언데드들이 장악하고 있는 티에보 마을 안쪽이었다.

조금이라도 병법을 아는 이가 본다면 이들이 공포로 정신이 나갔다고 판단했을 것이다.

도주해야 할 이들이 오히려 적진 한복판으로 달려가다니?

당연히 언데드 병사들도 구출대를 추격했다.

"크아아아!"

마을로 향한 구출대원들이 허름한 헛간의 문을 부수고 안으로 향한다.

언데드 병사들이 헛간을 포위하고 최후의 일격을 날릴 준비를 한다.

선두의 스켈레톤 병사 두 놈이 방패를 앞세워 헛간 안으로 뛰어들었다. 그리고 순간 멈췄다.

헛간 안쪽으로 뛰어든 구출대의 복장이 바뀌어 있었다.

들고 있던 창칼은 어딘가에 숨겨 놓고, 갑옷 역시 그 위로 허름한 로브를 걸쳐 감춘 상태.

그렇게 '일개 농민' 같은 복장을 취한 구출대원들이 스켈레톤 병사들을 노려본다.

'되나?'

'정말 먹히나, 이런 게?'

식은땀을 흘리는 보엘 경의 눈에 기이한 광경이 비쳤다.

"……."

뛰어든 스켈레톤 병사가 사방을 두리번거리더니 방패를 도로 내렸다. 그리고 도로 헛간 밖으로 나가 버렸다.

다른 언데드들도 마찬가지였다.

잠시 주위를 경계하더니 이내 원래의 위치로 터덕터덕 돌아간다.

이들이 받은 명령은 현지인의 출입을 막고 외지인을 모조리 죽이라는 것.

그런데 이 자리에는 더 이상 '외지인'이 없는 것이다.

무장을 하지 않고, 농민의 복장을 하고 있으며, 마을 안에 위치한 인간들은 어디까지나 '현지인'들이니까.

언데드들이 모두 원래 자리로 돌아가길 기다린 뒤 구출대원들이 다시 헛간 밖으로 나갔다.

그다음엔?

도로 창칼 뽑아 들고 언데드 병사 습격이다.

"모조리 부숴 버려!"

"타아아앗!"

아까의 상황이 도돌이표처럼 반복되었다.

대충 20구 정도의 언데드를 해치우면 마을 다른 곳에 있던 언데드들도 몰려온다.

아군을 잃기 전에 적당히 후퇴해 몸을 숨긴 뒤 또 영지민으로 위장한다.

그럼 또 언데드들은 변장(?)한 구출대원을 인식하지 못하고 제자리로 복귀해 버린다.

이 짓거리를 몇 번 하고 나니 100구가 넘는 언데드 병사도 깔끔하게 해치울 수 있었다.

사방에 흩어진 언데드의 파편들을 바라보며 보엘 경은 어이없어했다.

"맙소사, 이게 정말 통할 줄이야."

＊

사령술사가 간접적으로 언데드 병사를 다루려면 미리 사전 명령을 입력시켜 놓아야 한다.

그리고 그 명령이 무엇인지 확인하는 건, 적어도 카르나크에겐 전혀 어려운 일이 아니었다.

그냥 멀리서 움직이는 것만 봐도 대충 견적이 나왔다.

미래의 라피셀도 할 수 있었던 일이니 왕년의 사령왕에겐 간단하기 그지없었다.

명령어를 파악한 뒤 탈환군의 각 구출대에게 적절한 대처법을 알려 주었다.

위험하다 싶으면 들고 간 로브 뒤집어쓰고 '현지인'인 척 변장하라고.

당연히 사람들끼리의 싸움에선 아무 소용 없는 짓이다.

옷 좀 갈아입었다고 그걸 못 알아볼 멍청한 인간이 세상에 어디 있나?

하지만 언데드는 다르다.

놈들에겐 이성이 없으니까.

그저 주어진 명령대로 움직일 뿐인 인형이니까.

예전의 일을 떠올리며 카르나크는 고개를 절레절레 저었다.

"이래서 왕년에 내가 자유의지가 있는 언데드 마물들을 열심히 수하로 거둔 거야. 좀비나 스켈레톤 같은 놈들만으론 한계가 너무 명확하니까."

당장 권속으로 삼은 세라티만 해도 그렇다.

그녀를 무조건 충성하는 인형처럼 만들었다면 이렇게 옆

에서 '충언'을 해 주지도 못했을 것 아닌가?

"덕분에 내가 이렇게 사람답게 변했지, 암."

카르나크는 자랑스러워했고, 세라티와 바로스는 미묘한 표정을 지었다.

[카르나크 님은 본인이 사람답게 살고 계신 줄 아나 보네요?]

[즐기시게 냅 둬요.]

"······그 부분만 전언으로 해 봤자 우리끼리는 다 들리거든?"

하여튼 카르나크의 '라피셀 따라 하기'는 제법 성과를 보였다.

사흘 만에 영지민을 절반 가까이 구해 낸 것이다.

구출된 영민들이 머무르고 있는 막사 쪽을 힐끔거리며 레번이 물었다.

"이제 어떻게 되는 겁니까? 흥분한 말로카가 본진에서 뛰쳐나오기라도 하나요?"

"이 정도론 부족하지."

이는 어디까지나 본진을 흔들기 위한 목적이다. 말로카를 유인하려면 다른 방법을 써야 한다.

"아직까진 라피셀이 했던 짓을 따라 한 것뿐이고."

의아해하는 레번을 향해 카르나크가 기대하라는 표정을 지었다.

"이제부터가, 라피셀이 할 법한 짓이지."

"각 마을에 배치한 병력이 계속 무너지고 있습니다."

"언데드 숫자를 늘려도 소용이 없습니다."

"촌락마다 100구 넘게 배치해 놨는데도 맥을 못 추고 있습니다."

사령술사들의 보고를 받으며 말로카는 희미한 신음을 흘렸다.

"으음……."

벌써 사흘째, 영지 곳곳에서 국지적인 패배가 이어지고 있었다.

술사가 직접 조종하지 않는 언데드 병사들만으로는 도저히 구출대를 상대할 수가 없는 것이다.

그래서 아예 사령술사까지 포함한 별동대도 보내 보긴 했는데…….

"그 경우엔 그냥 덤비질 않더군요."

제일 이해가 가지 않는 부분은 탈환군 측 사상자가 거의 없다는 점이었다.

"놈들이 대체 무슨 수를 쓰는 건지 모르겠습니다."

"아무리 자동 전투 상태의 언데드들이 약화된다 해도 그렇지…….."

"숫자가 무려 5~6배 가까이 차이가 나지 않습니까?"

"이렇게까지 아무것도 못 하고 무너질 리가 없는데!"

말로카는 말없이 턱뼈를 달그락거렸다.

저들은 모르겠지만, 이런 비슷한 상황을 예전에 겪은 적이 있었다.

'안 좋은 기억이 떠오르는군.'

시프라스의 무왕, 라피셀 크로테움이 자신의 목을 딸 때 썼던 수법과 흡사하다.

말로카가 네크로피아 제국 동부 총독이었던 시절.

라피셀이 이끄는 인류 저항군은 제국 각지에 출몰해 주둔한 언데드 병사들을 물리치고 노예 생활을 하고 있는 사람들을 구하곤 했다.

피해가 너무 커지자 분노한 말로카는 참으로 아크 리치다운 선택을 내렸다.

—구할 인간들이 없어진다면, 놈들도 더 이상 설치지 못할 터!

그녀가 활동하는 인근 지역의 산 자들을 모조리 죽여 언데드로 바꾸라 명한 것이다.

계속 저항하면 더 많은 피해가 생길 것이라 경고하는 의미였다.

그렇게 저항군이 설치는 지역 곳곳에 휘하의 사령술사들

을 보냈고…….

'정작 라피셀은 텅 빈 총독부를 역으로 쳐들어왔었지?'

9서클의 마스터 정도로는 무왕의 상대가 되지 못한다.

별 저항도 못 해 보고 목 떨어진 다음, 테스라낙의 은총으로 간신히 부활할 수 있었다.

이때 깨달았다.

함부로 수하들을 곁에서 멀리 보내면 안 된다는 것을.

그래서 말로카 본인이 모든 부하들을 이끌고 직접 인류 저항군을 토벌하러 나섰다.

하지만 이번에도 결과는 썩 좋지 않았다.

라피셀의 유인책에 정확히 걸려들어, 함정에 빠진 뒤, 두 번째로 목을 헌납한 것이다.

말로카만큼 총독 일 잘하는 이가 따로 없었기에 이번에도 테스라낙은 그를 부활시켜 주었다.

간신히 총독부로 복귀한 말로카는 고민했다.

부하들을 보내도 안 통한다. 본인이 직접 나서도 안 통한다.

그럼 어떻게 해야 할까?

고민 끝에 인류 저항군이 설치는 지역의 인간들을 모조리 총독부로 호송시켰다.

안전한 곳에서 모조리 목을 베어 버릴 셈이었다.

자신의 본진이라면 아무 문제 없을 것이라 여겼다.

결과는?

호송한 노예들 사이에 변장한 라피셸이 숨어들어 왔다.

기습을 당한 말로카는 뭐 해 보지도 못하고 또 목을 헌납했고.

세 번, 단 1명에게 무려 세 번이나 죽은 것이다.

그나마 네 번째가 없었던 건, 라피셸의 영향력이 너무 커지자 테스라낙이 직접 나서서 그녀를 처단한 덕분이었다.

말로카 본인은 아무것도 못 하고 굴욕만 당하다 끝났다. 실로 안 좋은 기억이었다.

"ㅇㅇ음······."

연신 신음을 흘리며 말로카는 생각에 잠겼다.

유스틸 왕국군이 어떻게 라피셸의 전법을 구사하고 있는지는 모르겠다.

하지만 아주 이상할 것까지도 없긴 하다.

어쩌면 라피셸 역시 과거 인간들의 병법서에서 저런 수법을 터득했을지도 모르지.

'중요한 점은 이제 어떻게 대응해야 하느냐인데······.'

아무리 머리를 굴려 봐도 딱히 뾰족한 수가 떠오르지 않았다.

결국 또 병법서에 적힌 방식을 선택했다.

"영지 농민들은 포기한다. 구해 가게 내버려 둬."

정신없이 두들겨 맞아서 잠깐 혼란이 왔지만, 생각해 보면 영지민들 따윈 잃건 말건 아무 상관 없었다.

자신들이 이곳에 온 이유가 영지 점령이던가?

"우리 목표는 카르나크란 놈이지 영지 따위가 아니다. 그 놈 하나만 잡으면 목적 달성이야."

모든 전력을 본진인 제스트라드 저택과 성하 마을로 집결시킨다. 그리고 유스틸 왕국군이 구하러 오길 기다린다.

"원래 계획을 유지한다. 모두들 방어에 전념하도록."

남작령 각지로 보낸 정찰병들이 적들의 동향을 파악해 돌아왔다.

"촌락 쪽은 모조리 포기하고, 저택과 성하 마을에 모든 전력을 집결시키고 있다더군요."

보고를 마치며 레번이 혀를 내둘렀다.

"정말 카르나크 님의 예측에서 한 치도 벗어나질 않습니다."

당연하다며 카르나크는 고개를 끄덕였다.

"뻔한 타입이라고 했잖아."

말로카는 유능한 총독이자 행정가이며 마법사였다. 하지만 뛰어난 전투원이나 지휘관은 아니었다.

"사실 전투 능력만 치면 뎀피스가 훨씬 위였어. 마법 수준은 높은데 전투 감각이 영 없는지라.”

물론 그렇다 해도 말로카가 절대 만만하다는 건 아니다.

무려 9서클의 마스터인데? 정면으로 붙으면 승산 없긴 마찬가지다.

“저쪽이 예상대로 나와 주고 있으니…….”

일행을 돌아보며 카르나크가 턱짓을 했다.

“우리도 슬슬 움직이자고.”

 ✳

다가올 결전을 위해 말로카와 사령술사들은 철저히 준비했다.

본진이 될 저택 주위에 각종 사령결계를 깔고, 성하 마을 외곽에 언데드 군세를 길게 배치하고, 골목마다 강력한 마물을 소환해 순찰을 시킨다.

유스틸 왕국군이 들이닥치면 곧바로 난전을 유도, 그 틈에 카르나크를 낚아챌 수 있게 만전의 채비를 갖추는 것이다.

그리고 다음 날.

영지 외곽의 탈환군 진지를 정찰하고 돌아온 사령술사 1명이 묘한 표정으로 말로카를 찾았다.

“저기, 말로카 님.”

“왜?”

"저놈들이 후퇴하고 있는데요."

"……뭐?"

영기로 이루어진 해골의 눈동자가 희미하게 흔들렸다.

"그게 무슨 소리지?"

"말씀드린 그대로입니다."

탈환군이 철수하고 있었다.

북쪽, 제스트라드 남작령으로 진군하는 것이 아니라 아예 남쪽으로 돌아가고 있다는 소리였다.

다른 사령술사들이 혼란스러워하며 떠들기 시작했다.

"말도 안 되는 소리!"

"영주가 자신의 영지를 포기한다고?"

"저택도 재산도 다 여기 있는데?"

이들의 상식으로는 있을 수 없는 이야기였다.

하지만 말로카의 생각은 달랐다.

"우리가 착각을 하고 있었을 수도 있겠구나."

라피셀에게 당했던 기억 때문에 무심코 단정 지었는데, 생각해 보니 상대는 한없이 정의롭던 인류의 영웅이 아니었다.

그냥 평범한 지방 귀족일 뿐이다. 그것도 몰래 사령술까지 익히고 있는.

사령술사라는 점에서 마냥 정의로운 인물이 아닌 것만은 분명하다.

"혹시 그놈 기준에선 충분히 영주의 도리를 다했다고 여기고 있는 게 아닐까?"

다른 사령술사들의 안색이 살짝 굳었다.

"네?"

"그, 그러고 보니……."

탈환군은 이미 상당수의 영지민들을 구해 냈다. 그것도 무시무시한 사교도가 점령한 영지에서.

그런데 여기서 과연 카르나크가 무리해 가며 모험을 할 필요가 있을까?

영주란 것들은 어차피 영민을 영지에 딸린 부속물 정도로밖에 보지 않는다.

그렇다면 남은 이들은 포기하고, 전력을 충원해 돌아와서 확실하게 영지를 되찾는 쪽이 더 낫다고 여기지 않을까?

"그렇군!"

"상대는 썩어 빠진 귀족 놈이었지?"

"적당히 체면치레했으니 더 이상은 필요없다는 건가?"

이 자리의 사령술사들은 대부분 귀족들에게 학대받던 비천한 출신들이다. 다들 흥분하며 외치기 시작했다.

"놈들에게 경고를 날려야 합니다!"

"남은 영민들을 모조리 죽여 버립시다!"

말로카가 시큰둥하게 되물었다.

"그게 무슨 의미가 있는데?"

탈환군이 철수하는 시점에서 남은 이들은 버림받은 것이

나 다름없다.

"그런 자들을 굳이 죽여서 언데드 병사로 만들면 대체 무슨 이득이 있지?"

"영민을 구하지 못했으니 아무리 놈이라도 마음의 가책을……."

"이미 영민을 버린 놈인데? 오히려 홀가분해졌다고 좋아하겠지."

"그럼 철수할 경우 저들을 다 죽이겠다고 협박을 한다거나……."

이어진 부하의 의견에 말로카가 한심하다는 듯 뇌까렸다.

"다시 한번 말하지만, 이미 영민을 버린 놈이라고. 남은 백성들의 생사를 왜 신경 쓰겠어?"

사실 이 상황은 검은 신의 교단에도 대단히 유리한 것이었다.

영주에게 버림받은 사람들이라니, 교도로 끌어들이기에 이보다 더 적합한 이들이 세상에 또 어디 있을까?

신실한 신도를 대거 늘릴 수 있는 절호의 기회다.

다른 상황이었다면 말로카도 즐거워하며 교세 넓히기에 힘썼을 것이다.

하지만 그에겐 반드시 카르나크를 잡아 오라는 명령이 내려져 있다.

이를 이행하기 위해서 남은 방법은 결국 하나뿐이었다.

"놈들을 쫓아가야겠구나."

수하 중 1명이 경계하며 말했다.

"유인책일지도 모릅니다."

"그럴지도 모르지."

라피셀 때와는 다른 점이 있다.

'이번엔 내 쪽이 강자다.'

그녀가 펼친 수법들은 전부 본인이 절대 강자인 무왕이었기에 가능한 것들뿐.

지금은 다르다.

탈환군의 최강자라 봐야 퍼플 나이트에 8서클의 마법사가 전부.

'그래, 고작 저 정도에 겁먹을 필요는 전혀 없지.'

결심을 굳힌 말로카가 명령을 내렸다.

"다들 출진을 준비해라. 이대로 그놈을 그냥 놓아줄 순 없다."

　

수많은 언데드 군세를 이끌고 말로카는 퇴각하는 제스트라드 탈환군을 쫓았다.

2명의 사령술사와 삼백의 언데드 정도만을 저택과 성하마을에 남긴, 그야말로 총전력을 동원한 추격전이었다.

그렇게 말로카와 언데드 군세가 저택을 떠나고 한나절 뒤.

밤이 깊어 오는 성하 마을 어귀에 한 무리의 인간들이 나타났다.

"좋아, 대부분 떠났군."

카르나크 일행과 50여 명 남짓의 정예병들이었다.

내내 말로카가 마을을 비우기만을 기다렸던 것이다.

검은 하늘을 올려다보며 세라티가 중얼거렸다.

"컴컴해서 사람들 피신시키기가 쉽지 않겠는데요."

"할 수 없지. 말로카가 우리 편한 시간에 자리를 비워 주진 않을 테니까."

일행과 병사들이 천천히 성하 마을로 다가갔다.

주위를 살피며 레번이 말했다.

"전 정말로 적들을 영지 밖으로 유인해서 쳐부수는 작전인 줄 알았습니다."

카르나크가 고개를 저었다.

"그 작전에는 두 가지 문제가 있어."

첫 번째, 말로카를 준비한 함정으로 끌어들이기가 힘들다.

전투를 앞두고 충분히 경각심을 지닌 적을 유인하려면 얼마나 행운이 따라 줘야 할까?

그리고 두 번째.

"사실 이게 진짜 이유야."

영지에 남은 사령술사들이 영민들에게 무슨 짓을 할지 모르는 것이다.

물론 카르나크야 영민들이 뭔 짓을 당하건 아무 신경 안 쓰긴 하는데…….

[이번엔 라피셀을 따라 하기로 했잖아?]

슬쩍 전언으로 바꿔 말하며 그는 세라티 곁에 선 잿빛 머리 소녀를 바라보았다.

[영민들이 죽건 말건 무시하는 건 나 같은 놈이나 할 법한 짓이지.]

소녀는 진지한 얼굴로 장검을 쥔 채 다가올 전투에 대비하고 있었다.

[라피셀이라면, 어떻게든 1명이라도 더 구하려 발버둥 쳤을 테니까.]

카르나크가 병사들을 이끄는 기사에게 명령을 내렸다.

"마을 사람들을 안전한 곳으로 피신시켜 주시오. 우린 이대로 저택으로 향할 테니."

"알겠습니다."

정예병들이 조심스레 성하 마을 쪽으로 향했다.

카르나크 일행도 저택 쪽으로 움직였다.

어둠이 짙게 깔린 길을 따라 빠르게 이동한다.

앞장서 달리며 세라티가 나직이 중얼거렸다.

"다들 무사했으면 좋겠네요."

그녀가 제스트라드 영지에 머무른 기간은 그리 길지 않다. 하지만 그 와중에도 안면을 익힌 이들이 제법 많았다.

인간의 죽음은 언제나 슬프지만 아는 얼굴일 경우엔 더더욱 가슴 한구석이 울적해지는 법.

카르나크가 달래듯 말했다.

"말했잖아, 살려 두는 게 이득이라고. 대부분 별일 없을 거야."

세라티는 쓴웃음을 지었다.

바로 눈치챈 것이다. 굳이 '다들'이 아니라 '대부분'이라고 표현한 이유를.

"그럼 영지의 기사분들은요?"

카르나크의 안색이 살짝 굳었다.

"그들은……."

사교도 입장에서 영지의 일반인들은 굳이 죽일 필요가 없다. 죽여 봐야 득 될 게 없으니까.

이는 반대로 말하면 기사들은 굳이 살릴 필요가 없다는 소리도 된다.

배운 것이라곤 칼질밖에 없는, 살려 두어 봐야 빵 하나 굽지 못하는 자들이었다. 괜히 포로 관리만 힘들어질 테니 바로 죽여 언데드로 바꿨겠지.

그녀와 대련도 종종 했던 제스트라드 영지의 기사들은 더 이상 산 사람이 아니리라.

"그래도 많이 좋아지셨네요. 이젠 사람 위로하실 줄도 아시고."

머쓱해하며 카르나크가 고개를 돌렸다.

"나도 안 어울리는 짓 했다는 것 정도는 알거든?"

조금 더 이동하니 슬슬 목적지가 보였다.

흐릿한 달빛 아래 제스트라드 저택이 어렴풋이 비치고 있었다.

정문까지 빙 돌아갈 시간조차 아깝다.

일행은 곧바로 담을 넘었다.

그러자 눈앞에 지옥도가 펼쳐졌다.

아름다워야 할 정원수들이 온갖 고깃덩이가 주렁주렁 달린 흉측한 괴물로 바뀌어 있었다.

바닥은 온통 핏빛이고, 곳곳에 검붉은 웅덩이가 고여 있으며, 넝쿨인지 촉수인지 모를 정체불명의 물체가 사방에서 꿈틀거린다.

레번이 경악하며 중얼거렸다.

"맙소사, 이게 무슨……."

물론 다른 이들은 별로 놀라지 않았다.

카르나크와 바로스야 평생 봐 왔던 광경이다.

"정원 조성을 화끈하게 하셨구만?"

"가드닝에 힘 좀 줬네요."

세라티도 그간 각종 사령결계들을 많이 겪었다.

"슈트라프 주교가 펼쳤던 것과 비슷해 보이네요."

라피셀은 잠시 어리둥절.

"왜 어디서 많이 본 것 같은 기분이 드는 걸까요?"

그러던 중이었다.

어둠 너머로 개 짖는 소리가 들렸다.

컹! 컹컹컹!

저 멀리 붉은 눈을 번뜩이는 사냥개들이 이빨을 드러내며 사납게 달려온다.

전신이 너덜너덜하고 뼈 일부마저 보이는 모습이, 좀비견이 틀림없었다.

장검을 뽑으며 바로스가 어이없어했다.

"이 개들은 대체 어디서 온 겁니까? 우린 개 안 키웠는데."

정확히 말하면, 키우던 개도 남 줘 버렸다.

라피셀이 순진한 어조로 물었다.

"카르나크 님은 개 싫어하세요?"

"개 짖는 소리가 싫어. 들릴 때마다 안 좋은 일이 생겼거든."

세라티가 이해가 간다는 표정을 지었다.

'충분히 그럴 만하네.'

죄짓고 쫓겨 다니는 놈이 개 짖는 소리를 들어야 할 상황이 대체 무엇이겠는가? 당연히 들릴 때마다 일이 터졌겠지.

좀비견들이 일행을 둘러싸고 으르렁댔다.

보아하니 대부분 잡종인 것이, 그냥 들개를 잡아다 좀비로 바꾼 모양이었다.

검을 뽑아 들며 세라티와 라피셀이 한숨을 지었다.

"난 개 좋아하는데."

"저도요."

물론 불쌍하다고 멍하니 당해 줄 생각은 없다.

이미 죽어 버린 개들이었다. 오히려 빨리 안식을 가져다주는 게 저 아이들을 위한 것일 터.

"미안해, 멍멍이들아."

라피셀의 사과와 동시에 좀비견들이 사납게 덤벼들기 시작했다.

그리고 잠시 후.

깨개갱!

덤벼든 것 이상으로 빠르게 쓰러져 나갔다.

아무리 사납고 이빨이 날카로우면 뭘 하나? 그래 봤자 본판은 개인데.

반면 이쪽은 맨손으로 나무를 뽑고 검으로 바위를 베는 인간들이 즐비한 것이다.

싹 쓸어버리는 데 몇 초 걸리지도 않았다.

소란을 피웠으니 응당 반응이 있어야 할 터.

제스트라드 저택에서 두 사내가 뛰쳐나왔다.

"웬 놈들이냐!"

"감히 이곳이 어디라고!"

빳빳하게 풀을 먹인 검은 로브로 전신을 두른 사령술사들이었다.

지켜보던 카르나크가 순간 감탄했다.

"오, 로브 핏 좀 살렸네? 제법인데?"

옆에서 바로스가 혀를 찼다.

"도련님의 그 패션 센스는 100년을 봐도 이해가 안 가요. 사령술사끼린 저게 중요한 문제인가?"

"마법사들끼리도 중요한 문제인 것 맞거든?"

투덜거리는 카르나크를 본 사령술사들의 표정이 굳었다.

"헉, 저자는?"

"카르나크 남작!"

✳

제스트라드 저택의 하인들, 하녀들은 흥분한 눈으로 창밖을 내다보고 있었다.

벌써 한 달째 죽음과 함께 생활하던 이들이었다.

눈을 뜨면 해골이 돌아다니고 고개를 돌리면 좀비가 오가는 현세의 지옥.

그곳에서 저주받은 사령술사들의 시중을 들며 살얼음판을

걷는 기분으로 하루하루를 보내야 했다.

그런데 드디어 구원군이 온 것이다.

그것도 영민들을 위해 목숨마저 걸었던 영주님이 직접!

"카르나크 님이다!"

"바로스 경이야!"

참으로 늠름한 카르나크의 모습을 보며 노집사 타펠은 굵은 눈물을 흘렸다.

"아아, 돌아가신 전 가주님께서 보시면 얼마나 기뻐하실지……."

　

　

직접 보는 건 처음이지만 염사 마법으로 만든 초상화를 통해 미리 인상착의는 파악해 두었다.

틀림없었다.

제스트라드의 영주 카르나크 남작, 그리고 그의 기사인 바로스 경과 세라티 경이었다.

그 뒤에 서 있는 청년과 잿빛 머리 소녀까지는 아직 누군지 모르겠지만.

"저놈이 어떻게 여기에……."

"분명 말로카 님이 붙잡으러 가셨는데……."

딱히 추리에 소양이 없다 해도 현 상황을 유추하는 건 그리 어려운 일이 아니었다.

"그렇군."

"양동작전이었나?"

잠시 당황했지만 사령술사들은 이내 냉정을 되찾았다.

생각해 보니 이 상황이 썩 나쁜 것만도 아니었다.

상대는 무려 7서클의 마법사와 강력한 오러 유저들이었
다. 평소라면 이들의 사령술 수준으로는 감히 감당하기 힘들
터였다.

하지만 지금은 달랐다.

이 저택에는 아크 리치 말로카가 깔아 놓은 온갖 강력한
사령결계들이 즐비한 것이다.

이곳에서라면, 자신들은 신이나 다름없다!

"마침 잘됐군!"

"네놈들을 붙잡아 테스라낙 님께 바치겠다!"

흥분한 사령술사들이 어둠의 기운을 끌어 올렸다.

"일어나라, 심연의 권속들아!"

저택 곳곳에 깔린 흉측한 정원수들이 진동하며 붉은 기운
을 뿜어낸다.

"이 땅에 강림해 부정한 힘을 떨쳐라!"

정원수들이 폭발하며 고깃덩이가 터져 나왔다.

자욱한 비린내가 사방으로 퍼진다. 흩어진 고깃덩이들이
꿈틀거리는 촉수로 변해 카르나크 일행에게로 기어가기 시

작한다.

마치 거대한 갯지렁이들이 어지러이 얽혀 움직이는 듯한 형상이었다.

심약한 이는 보는 것만으로도 기절할 징그러운 광경이다.

그럼에도 카르나크 일행의 표정은 심드렁했다.

"흔해 빠진 것들이네요."

"세라티도 슬슬 그런 소릴 하게 됐네?"

"그동안 워낙 본 게 많으니까요."

바로스와 세라티가 투기검을 뽑아 들었다.

번뜩이는 적색과 청색의 오러가 흉측한 촉수들 사이로 연신 날아들었다.

레번과 라피셸도 차분히 대응했다.

둘 다 오러만 못 쓸 뿐이지 일반 검사로는 충분히 경지에 오른 것이다.

기껏 강림시킨 지옥의 촉수들이 뒤뜰 잡초처럼 우수수 썰려 간다.

사령술사들의 안색이 창백해졌다.

'뭐지, 이놈들?'

실력은 둘째 치고, 상대의 반응을 이해할 수 없었다.

사령술사인 자신들조차도 저 마물들을 처음 다룰 땐 구역질을 했을 정도였다.

그런데 저놈들은 대체 비위가 얼마나 좋기에 저리도 태연

자약하단 말인가?

뭐, 격렬하게 반응하는 인간이 아주 없는 건 아니었지만.

"우욱!"

욕지기를 애써 참으며 레번은 날아드는 촉수를 잘라 냈다.

생긴 것도 생긴 것인데 비린내가 너무 지독했다. 절로 배 속을 게워 내게 만드는 끔찍한 냄새였다.

그가 일행을 돌아보며 투덜댔다.

"아니, 다들 어떻게 그렇게 태연한 겁니까?"

"경험."

"노력."

"……팔자가 세서?"

순서대로 카르나크와 바로스, 세라티의 대답이었다.

"그럼 라피셀은요?"

저 셋이야 워낙 강자들이고 사령술사들을 상대한 경험이 많으니 그렇다 치자.

아직 열다섯도 채 되지 않은 저 작은 소녀는 왜 저리 태연한 건데?

"비위가 좋은가 보지."

이어진 카르나크의 답변에 레번뿐 아니라 라피셀도 묘한 표정을 지었다.

그녀 스스로도 너무 태연한 자신이 좀 이상하긴 했던 것이다.

'그냥 단순히 저런 이유였나?'

결국 기세등등하게 불러낸 촉수들은 모조리 동강 나 흩어졌다.

당황한 사령술사들이 더 강력한 결계를 발동했다.

"제, 제법 한 수가 있구나!"

"하지만 진정한 어둠의 힘 앞에선 그 어떤 것도 무용지물!"

정원 여기저기서 검은 원진이 빛을 발하며 스켈레톤 무리를 불러냈다.

일개 병사가 아니라 갑옷과 투구까지 갖춘 스켈레톤 나이트였다.

해골 계열 언데드 중에선 최상위에 속하는 강력한 술법인 것이다.

카르나크는 웃었다.

"아우, 좋지."

사법의 대속자가 발동되며 스켈레톤 나이트의 절반이 빛의 사슬에 걸렸다.

해골 기사들이 덜그럭거리며 서로 열심히 싸우기 시작했다.

사령술사들이 이를 갈았다.

"그러고 보니……."

"저놈은 기이한 마법을 쓴다고 했지?"

카르나크가 상대의 사령술을 역이용하는 마법을 쓴다는 이야기는 이미 들었다.

하지만 이 정도로 위력적일 줄이야!

"그렇다면!"

"이걸 쓰는 수밖에!"

결국 둘은 결정을 내렸다.

준비된 사령결계를 전부 발동시켜, 최강의 술법을 구사한다!

"지옥의 악마여, 이 땅에 내리소서!"

이번엔 저택 전체가 지진이라도 난 것처럼 진동하기 시작했다. 동시에 거대한 암흑이 대지를 타고 피어올랐다.

화산처럼 터져 나오는 사기와 탁기를 바라보며 카르나크가 혀를 찼다.

"저건 사법의 대속자가 안 통하겠군."

굉장히 복잡하게 얽힌 고도의 술식이었다. 마법만으로 파해하기엔 아직 그의 기량이 모자랐다.

'그냥 사령술 써야겠다.'

오른발로 사기를 퍼뜨리며 카르나크가 손가락을 튀긴다.

우르르릉!

천둥 같은 굉음이 터지며 저택 전역에 깔아 놓은 결계들이 무서운 속도로 해체되기 시작했다.

경악한 사령술사들이 황망한 표정을 지었다.

"이게 무슨?"

"무슨 일이 일어난 거냐?"

바로스와 세라티, 레번은 어이없어하는 중.

'이야.'

'이젠 아주 대놓고 써 버리시네?'

'이래도 되나?'

라피셀은 순진하게 감탄하고 있었다.

'사법의 중개자가 경지에 오르셨구나! 마나가 전혀 느껴지지 않아!'

저택 창문을 통해 전투를 훔쳐보던 하인들, 하녀들 역시 아무것도 알아차리지 못했다.

"뭐가 어떻게 돌아가는 거야?"

"영주님이 이기고 계신 건가?"

"깜깜해서 뭐가 뭔지 잘……."

안 그래도 어두운 밤에, 안 그래도 사방이 사기와 탁기로 가득 차 있다.

문외한의 눈으로는 전혀 구별이 되질 않는 것이다.

마침내 모든 사령결계가 완전히 붕괴되었다.

탈진한 사령술사들을 향해 카르나크가 천천히 걸음을 옮겼다.

"더 이상 밑천 없지?"

공포에 질린 사령술사들의 눈동자 위로 온화하게 미소 짓는 흑발 청년의 모습이 비친다.

"이제 그만 죽어라."

그때였다.

갑자기 바로스와 세라티가 등 뒤를 돌아보았다.

'앗!'

'이 기운은?'

하늘 저편에서 무시무시한 마나가 감지되고 있었다.

모두의 시선이 자기도 모르게 그쪽으로 향했다.

카르나크의 입에서 떨리는 신음이 흘러나왔다.

"젠장……."

어두운 밤하늘 위.

황금 지팡이를 든 검은 로브 차림의 해골 마물이 안구 속 푸른 불길을 일렁이며 자신들을 내려다보고 있었다.

"잘도 설쳐 댔구나, 이놈들……."

아크 리치, 말로카였다.

다음 권으로 이어집니다